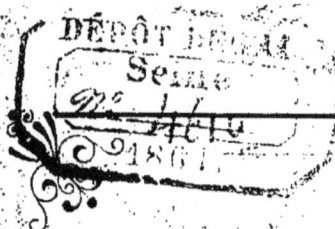

LES CONTES DU BONHOMME JADIS

OU LES

MERVEILLES AMUSANTES

TIRÉES DE LA MYTHOLOGIE

PAR

LA COMTESSE DE BASSANVILLE

PARIS

MAGNIN, BLANCHARD ET C°, ÉDITEURS

LIBRAIRIE LOUIS JANET

5, RUE HONORÉ-CHEVALIER, 5

16368

LES CONTES DU BONHOMME JADIS

OU LES

MERVEILLES AMUSANTES

TIRÉES DE LA MYTHOLOGIE

PARIS. — IMP. SIMON RAÇON ET COMP , RUE D'ERFURTH, 1.

LES CONTES DU BONHOMME JADIS

OU LES

MERVEILLES AMUSANTES

TIRÉES DE LA MYTHOLOGIE

PAR

LA COMTESSE DE BASSANVILLE

PARIS

MAGNIN, BLANCHARD ET Cⁱᵉ, LIBRAIRES-ÉDITEURS

LIBRAIRIE LOUIS JANET

3, RUE HONORÉ-CHEVALIER, PLACE SAINT-SULPICE

1861

AVANT-PROPOS

AVANT-PROPOS

———

Sur les bords fleuris de la Seine, à quelques
lieues de Rouen et tout près de Labouille, une
belle fabrique, comme une grande ruche humaine,
occupait nuit et jour de nombreux ouvriers. Le
maître de ce magnifique établissement industriel
était un ancien officier de cavalerie, qui, blessé
sous le premier empire, lors de l'immortelle campagne de France, et devenu ainsi incapable de servir
activement son pays dans les rangs de l'armée,
avait cherché par le travail à remplacer ce qu'il
ne pouvait plus donner à la gloire.

M. Dubois, ainsi s'appelait ce riche industriel, avait vu couronner ses efforts du succès le plus complet. Le cœur droit et généreux, l'âme élevée, prenant l'honneur pour base de toute sa conduite et sa conscience pour tribunal de tous différends, non-seulement sa fortune était devenue immense, mais encore sa réputation sans tache lui avait attiré l'estime, la considération et le respect de tous les pays alentour.

— M. Dubois a dit ceci, — M. Dubois pense cela, étaient des arrêts sans appels.

Père de famille aussi heureux qu'il était négociant prospère, le riche fabricant avait marié ses filles et ses fils de façon à les garder toujours auprès de lui, car fils et gendres étaient associés à ses affaires ; aussi, en y joignant les petits enfants de tous ceux-là, sa famille était-elle considérable et de plus si bien unie, qu'il semblait que le bon Dieu avait donné un petit coin de son paradis pour bénir le travail de ses laborieux enfants.

Deux ministres à peu près souverains, chacun dans son genre, contribuaient à la prospérité et au bonheur de cette famille chérie de Dieu.

L'un, la tante Dorothée, sœur de M. Dubois, ne s'étant jamais mariée pour rester avec son frère, avait le domaine de l'intérieur ; c'était elle qui distribuait aux domestiques les provisions de chaque jour, qui comptait avec les fournisseurs, ordonnait les repas, et, abeille vigilante, faisait travailler chacun suivant ses forces et sa capacité.

Avec son trousseau de clefs pendu au côté, ses lunettes placées sur son nez, une longue aiguille à tricoter posée derrière une de ses oreilles, la tante Dorothée eût pu prêter à rire, si sa figure vénérable, sa taille droite, sa tenue toujours propre et sévère, son regard doux et ses cheveux blancs n'eussent pas malgré cela inspiré le respect.

L'autre ministre était maître Pierre. Comme M. Dubois, ancien militaire blessé et retiré du service, Pierre Dubreuil s'était attaché au sort de son

ami. Contre-maître dans la fabrique dès son dé-
but, il avait voulu conserver toujours ce même
emploi malgré son agrandissement et sa fortune,
et y conservait en même temps la même activité
qu'aux premiers jours de leur établissement.

Pierre Dubreuil, que tout le monde appelait *maître Pierre*, était resté garçon ; on avait dit tout bas
alors que c'était le refus de mademoiselle Dorothée
de le prendre pour époux qui l'avait conduit à cette
résolution ; mais, lui, prétendait que c'était pour
rester le père des enfants de son ami et des ouvriers de la fabrique qu'il n'avait pas voulu se marier ; et, n'importe la raison qui l'avait fait agir, il
remplissait ce programme en conscience, car non-
seulement tous les ouvriers dont il était l'ami dé-
voué, mais encore tous les enfants et petits-enfants
de M. Dubois l'adoraient, adoration que du reste il
partageait avec la tante Dorothée ; et cela n'était que
justice, puisque tous deux se donnaient corps et âme
à ce cher et joli troupeau.

Ainsi tous les jeudis, jours de récréation, on al_
lait faire une longue promenade soit au Plouzel, soit
à Mauny, soit à Caumon, et, en compagnie d'un âne
dont les paniers bien bourrés portaient un déjeuner succulent, on partait avec l'aurore, tout en
butinant les fleurs et courant après les papillons,
sous la surveillance de la tante Dorothée et de
maître Pierre.

Un des légers nuages de ce ciel si bleu était
pourtant la différence de caractère qui existait
entre les deux ministres de ce petit royaume,
car l'honnête contre-maître et la vénérable ma-
trone n'étaient jamais du même avis et partant
ils se querellaient sans cesse, querelles sans fiel
heureusement, et qui finissaient toujours sans
mort d'homme ; mais ils se querellaient enfin,
et sur tout, et partout.

Maintenant que nous connaissons nos héros, revenons à notre histoire.

Après le petit déjeuner que l'on faisait sur

l'herbe, la tante Dorothée racontait un conte et maître Pierre dormait, sommeil qui semblait fort peu courtois à la narratrice et dont elle se plaignait sans cesse d'un petit air très-aigre-doux ; mais, un jour que les enfants demandaient à la tante leur conte habituel, et qu'elle commençait la *Belle aux cheveux d'or*, maître Pierre, au lieu de dormir, ouvrit de grands yeux et haussa les épaules avec dédain.

— Vous n'avez pas de honte, mademoiselle Dorothée, dit-il, de raconter toujours des contes de fées à ces enfants comme s'ils étaient encore dans les bras de leur nourrice ; faites-leur donc des récits, amusants, je le veux bien, mais qu'ils soient au moins instructifs aussi.

— Et que puis-je leur narrer qui les amuse et les instruise tout à la fois, je vous prie, répliqua la tante Dorothée avec aigreur ; serait-ce de l'histoire de France, peut-être ?...

— Non, mais de la mythologie, par exemple ! reprit maître Pierre.

— De la mythologie!.. exclama l'honnête demoiselle; allons, vous êtes fou, mon ami Pierre !....

—Fou !... non, je vous l'affirme et je soutiens que la mythologie, bien racontée, peut être non-seulement très-convenable, mais encore très-morale par-dessus le marché.

— C'est ce que je voudrais bien voir ! fit la tante Dorothée en souriant d'un air de défi.

— Et c'est ce que je vais vous montrer, si vous voulez bien me le permettre répondit le contre-maître en saluant d'un air narquois.

— Accordé, monsieur Pierre, dit la bonne demoiselle en tendant sa main à son vieil ami ; seulement je m'inquiète un peu de ce que vous allez nous dire.

—Soyez tranquille! fit le brave homme en serrant affectueusement la main qui lui était tendue ; et tenez, ajouta-t-il, voyez là-bas Mélina qui cherche dans le panier s'il reste encore des gâteaux ; je vais lui prouver que non-seulement la gourmandise est

1.

un très-vilain défaut, mais que de plus il peut entraîner de très-grands malheurs à sa suite.

La petite Mélina, toute rouge, vint se glisser au
milieu du groupe qui entourait bouche béante leur
ami, lequel bientôt commença ainsi les récits promis à la tante Dorothée.

LA FAUTE PUNIE

LA FAUTE PUNIE

Dans un grand royaume appelé la Terre, deux reines se partageaient l'empire : c'étaient la mère et la belle-fille ; et, chose bien rare, l'entente la plus cordiale régnait entre elles. Aussi le culte de leurs sujets était-il le même pour toutes les deux, qui, du reste, portaient également le même nom, quoique leurs attributs fussent différents, ainsi que le prouvent les vers suivants, qui nous viennent de l'un des poëtes les plus à la mode de ce temps-là :

Cybèle, la douairière, assise gravement,
Garde toujours sévèrement

Son sérieux de grand-maman...
Son front est couronné de tours, de chapiteaux,
    Et dans sa main sont les trousseaux
    Des clefs de tous les vieux châteaux.
    Toujours fraîche, et toujours plus belle,
    La jeune et féconde Cybèle,
A sa suite conduit les Saisons tour à tour,
Et parcourt ses États dans un leste équipage ;
Deux superbes lions en forment l'attelage ;
    Les Nymphes dansent alentour.
    L'aimable déité voyage
    Sous un ciel pur et sans nuage ;
Les vents impétueux, enclos dans un tambour,
Dorment à ses côtés. Cérès, Flore, Pomone,
Pour leur reine à l'envi tressent une couronne,
Tandis que, voltigeant au milieu de l'essaim,
    Zéphire, du bout de son aile,
Disperse en souriant le lait de ces mamelles
    Qui nourrissent le genre humain.

Les choses marchaient donc au mieux dans ce
grand et beau royaume, quand la fille de la plus
jeune des deux Cybèles, la gentille Épi-de-Blé, vint
à se marier. Elle épousa un vieux roi, son oncle,
lequel, d'une humeur maussade et sauvage, passait
sa vie sur l'eau, tantôt à pêcher à la ligne, tantôt à
se promener en bateau, tantôt enfin à se baigner
comme un véritable poisson. On l'appelait Veau-
Marin ; et ce mariage, commandé par la politique des
deux reines, déplut tellement à la jeune Épi-de-Blé,
qu'elle déclara, au moment où son époux voulut

l'emmener dans son humide empire, que rien ne la ferait quitter la terre.

On parlementa d'abord, on se querella ensuite ; Veau-Marin voulait faire emmener de force sa femme par les tritons et les dauphins (gendarmes de son pays) ; la grand'-maman demandait à grands cris qu'on lui laissât sa petite-fille, tandis que la jeune Cybèle prenait ostensiblement le parti de son gendre avec une modification pourtant, car elle voulait que la violence fût remplacée par la douceur. Endurant cette guerre de palais, les pauvres humains, privés les uns de soleil, les autres de pluie, car les ministres s'occupaient bien plus des démêlés de leur maître que de leur ministère, tuaient force brebis, autant de colombes, et brûlaient de l'encens sur les autels des déesses·reines de façon à les troubler plus que jamais.

Pourtant la bonne grand'-maman commençait à céder aux observations de sa belle-fille et aux récriminations de Veau-Marin, quand un beau matin la jeune Épi-de-Blé, dont la tête était très-légère, quitta furtivement le palais de son époux et alla se cacher au fond d'une caverne.

Vous comprenez quel fut le désespoir de ses deux
mères alors et la fureur de son époux, lequel abandonna la Terre en menaçant ces reines de sa vengeance. Effectivement, à peine fut-il parti, que les
fleuves débordèrent de leurs lits, les mers lancè-
rent avec furie leurs vagues sur les plages, en un
mot les inondations furent générales et causèrent
les plus grands désastres.

Que faire alors pour attendrir Veau-Marin, si ce
n'est de chercher sa femme, afin de la lui rendre?
Tous les ministres furent donc mis en campagne;
on envoya partout des ambassadeurs, des chargés
d'affaires, et l'on commençait à désespérer du succès de la chose, quand un modeste jardinier appelé
Pan découvrit la cachette de la jeune femme au
moment où elle venait de donner le jour à une
charmante petite fille.

En apprenant cette nouvelle, les deux mamans,
oubliant les torts d'Épi-de-Blé, accoururent auprès
d'elle, décidées à la remmener dans leur palais et
à braver la colère de Veau-Marin, qui d'ailleurs commençait à s'apaiser d'elle-même; car alors, comme
aujourd'hui, ce qui était trop violent ne durait pas.

Quand la belle déesse rentra triomphalement dans la capitale du royaume, entourée de ses deux mères, portant sa petite fille dans ses bras, l'enthousiasme du peuple fut au comble! Et cela se comprend! Épi-de-Blé, qui avait bien voulu prendre la présidence de la Société d'agriculture, remplissait tellement en conscience cette mission, que sous sa surveillance tout prospérait, tandis que depuis son départ le blé périssait dans la terre et que la famine menaçait les habitants de ses doigts maigres et crochus. Mais la joie de ces braves gens ne fut pas éphémère, comme le sont en général les ovations populaires de nos jours. Car chaque année la même fête se renouvela en honneur d'Épi-de-Blé, et cette fête se célébrait à peu près comme se célèbrent les *Rogations* aujourd'hui. Ainsi les grands officiers de la jeune princesse allaient en procession au milieu de la campagne, et là, sur un autel bien décoré de fleurs, de rubans et de pompons, on immolait un porc.

— Fi! le vilain animal pour une aussi jolie princesse! allez-vous vous écrier.

Sans doute; mais, comme il faut toujours rai-

sonner sur les choses avant d'en parler, je vous dirai
que ce porc n'était qu'un symbole, car c'est ce sale
animal qui, en fouillant la terre avec son vilain
grouin, empêche le blé de germer.

Les officiers attachés à la jolie déesse et chargés
de cette cérémonie importante portaient toujours
le même habit jusqu'à ce qu'il tombât en lambeaux
et devaient garder un éternel silence. On prétend
qu'il y avait aussi une confrérie d'*officières ;* mais
cette opinion est très-combattue par les gens mal
élevés, qui assurent que les jeunes filles ne savent
pas garder le silence. Ce qu'il y a de certain, c'est
que dans la suite la belle Épi-de-Blé prit elle-même
la présidence de cette cérémonie, elle portait alors
sur son front une couronne d'épis et de fleurs, sur
une épaule un hibou, un lézard sur l'autre, tandis
qu'elle tenait une poignée de froment et de pavots
de la main droite, et un flambeau de la main gauche.

Les premières choses en façon d'emblèmes comme
présidente de la Société d'agriculture, et le flambeau,
le hibou et le lézard en mémoire de certaines aventures que je vais vous raconter ; car on était fort
allégorique alors.

La petite fille d'Épi-de-Blé, appelée Grenadine,
était gentille comme un petit cœur; ses cheveux
blonds et bouclés, sa bouche vermeille, ses yeux
d'un beau bleu d'azur, tout cela formait un ensemble si joli et si frais, que ses trois mères en étaient
folles, et, comme la folie est toujours extravagante,
ses trois mamans la gâtaient à l'envi.

On lui passait tous ses caprices, on caressait
toutes ses fantaisies, en un mot on eût rendu la
petite personne insupportable, si une déesse eût eu
en elle les mauvais penchants de tous les enfants
gâtés d'aujourd'hui; pourtant elle tenait par un
petit coin aux défauts des autres mortels, elle était
gourmande ! non gourmande pourtant à se donner
des indigestions par gloutonnerie, comme on le
fait quelquefois sur la terre, mais ce qui se mange
avait un charme tout particulier pour elle. Ainsi
quand elle parcourait la campagne, entourée de ses
jeunes amies, ce n'étaient pas les bluets et les
roses qu'elle songeait à butiner, mais les fraises,
les raisins ou les pommes.

Un jour qu'elle s'amusait ainsi à faire la cueil-
lette de ces petits fruits vermeils qui lui semblaient

avoir encore plus de saveur que de coutume, elle
s'était si fort éloignée et de ses compagnes et de sa
demeure, que tout à coup elle tressaillit en s'apercevant qu'elle s'était égarée ; et ce qui redoubla encore sa terreur, ce fut la vue d'un petit monsieur
habillé tout de noir, avec des cornes de feu sur la
tête et une longue queue comme celles des singes,
qui, posté tout près d'elle, la regardait en rica-
nant d'une façon très-méchante. Pâle et tremblante
de peur, la pauvre Grenadine fit une profonde révérence à ce singulier étranger en le priant poliment
de vouloir bien lui indiquer le chemin qu'il lui
fallait prendre pour retourner sur la terre où ses
trois mamans devaient être dans une grande inquiétude si elles s'étaient aperçues de son absence.

— Ah! ah ! vous êtes la petite Grenadine? s'é-
cria alors le vilain homme en ouvrant, pour sourire,
une large bouche qui, sans ses oreilles, aurait fait
le tour de sa tête. Ah! ah ! Eh bien, ma belle enfant, vous allez venir avec moi, car je vous veux
pour épouse, ajouta-t-il en offrant sa main crochue
à la jeune déesse comme s'il l'eût engagée tout simplement à danser.

— Mais, monsieur, je ne vous connais pas... fit celle-ci en se reculant et en prenant un air de dignité blessée.

— Je suis Diablotin pour vous servir, ma toute belle, interrompit vivement le vilain personnage; de plus, roi des mines, des charbons et autres lieux souterrains. Depuis longtemps je veux me marier ; mais toutes les déesses, qui ne sont que des précieuses, nous pouvons bien l'avouer entre nous, m'ont refusé ; l'une, parce que je suis trop noir ; l'autre, sous prétexte que je sens la fumée ; celle-ci, parce que mon palais est trop sombre... enfin, par une foule de raisons qui n'ont ni queue ni tête. Ennuyé alors de tous ces refus, je me suis décidé à aller me promener en dehors de mon empire, afin de prendre, sans le lui demander, la première qui me tomberait sous la main... C'est vous, j'en suis fort aise ; donnez-moi donc le bras et allons-nous-en chez nous.

— Mais, monsieur Diablotin, s'écria Grenadine les yeux noyés de larmes, que diront mes pauvres mamans quand elles ne me verront plus ?

— Elles diront, fit en souriant le roi des mines

qui connaissait le péché mignon de Grenadine, car
les rois alors étaient tous des sorciers, elles diront
que vous êtes allé chercher des bonbons, des gâteaux et des confitures dans un pays où tout cela se
fait beaucoup meilleur que chez elles...

—Est-ce bien vrai ce que vous me dites là, monsieur Diablotin? interrompit à son tour la jeune fille
sans s'apercevoir qu'elle marchait tout doucement à
la suite du roi des mines vers un buisson très-fourré;
puis, quand elle fut arrivée là, tout à coup la terre
s'entr'ouvre, et voilà la pauvre Grenadine qui tombe
au beau milieu du palais de Diablotin.

Mais, pendant qu'elle s'évanouit et que tous les
pages, les officiers et les courtisans de son nouveau
mari, aussi laids, aussi noirs et aussi méchants que
lui-même, s'empressent autour d'elle, revenons sur
la terre dans le palais des trois mamans de la trop
gourmande déesse.

D'abord elles attendirent patiemment l'heure de
la collation, sachant que sous aucun prétexte la
jeune fille n'aurait voulu y manquer ; mais, non-
seulement celle-là, mais encore une foule d'autres
ayant sonné leur tour sans que rien vînt annon=

cer le retour de Grenadine, alors l'inquiétude fut
à son comble, et la tendre Épi-de-Blé, ne s'en rapportant qu'à elle-même pour retrouver son enfant,
prit son parapluie, attacha ses claques, et, après
avoir embrassé ses deux mamans et leur avoir demandé leur bénédiction, elle se mit en route pour
faire le tour du monde.

Il serait trop long de vous raconter toutes les
aventures qui lui arrivèrent durant ce pénible
voyage. Je me contenterai donc de vous en dire
une petite anecdote prise entre mille, et encore
c'est parce qu'elle doit vous servir de leçon et vous
apprendre que la moquerie est un très-vilain défaut
qui retombe souvent sur son auteur. Ainsi un jour
que la pauvre Épi-de-Blé, épuisée de fatigue et mourant de faim, était tombée au pied d'un arbre où
elle se reposait tout en mangeant dans une écuelle
de bois un peu de bouillie qu'une bonne femme
généreuse avait eu la charité de lui donner par
pitié, elle s'aperçut qu'un petit gamin qui se trouvait auprès d'elle se moquait fort de l'avidité avec
laquelle elle avalait sa bouillie ; car l'appétit, qui est
le meilleur des cuisiniers, lui faisait trouver cette

nourriture si succulente, que littéralement elle la dévorait.

— Ce n'est pas bien, mon petit ami, lui dit-elle, de rire ainsi des pauvres gens ; il faut les respecter au contraire, et regretter quand on ne peut pas les soulager.

Mais, bien loin d'être touché de cette leçon faite avec tant de bonté, le méchant petit drôle, qui s'appelaitStellio, non-seulement redoubla son rire, mais encore y joignit le geste le plus insolent. Si bien que la belle déesse offensée, comme elle n'avait plus faim, lui jeta le reste de sa bouillie à la tête et le changea en lézard, ce qui fut fort bien fait.

Après mille recherches inutiles, la pauvreÉpi-de-Blé, en désespoir de cause, s'en revenait tristement d'allumer un flambeau au feu d'un volcan qui s'appelle encore aujourd'hui l'Etna, car ni les allumettes chimiques, ni même le briquet n'étaient encore inventés alors, quand elle fut fort étonnée, en se reposant sur le bord d'une fontaine, d'entendre qu'à travers son doux glou glou l'eau de la fontaine murmurait son nom.

— Qui êtes-vous donc, ma mie, vous qui semblez prendre intérêt à la pauvre Épi-de-Blé ? s'écria-t-elle.

— Je suis Aréthuse, murmura encore la fontaine, autrefois nymphe de votre cousine la princesse Biche-au-Bois, première chasseresse de l'univers, et je sais non-seulement ce que vous cherchez, mais encore où est votre fille.

— Où est-elle ? où est-elle ? parlez vite, je vous en conjure ! s'écria Épi-de-Blé en se précipitant vers la fontaine au point de s'y noyer si elle n'eût été qu'une mortelle.

— Elle est dans le royaume des mines ; Diablotin l'a épousée...

— Ce n'est pas vrai !... interrompit avec dépit Épi-de-Blé ; ma fille est trop bien élevée pour s'être mariée sans mon consentement. Dailleurs, comment savez-vous cet affreux cancan, ma mie ?

Aréthuse, en entendant ces paroles injurieuses, n'en coula pas plus vite et reprit sur le même ton :

— Diablotin a emporté Grenadine pendant qu'elle cueillait et mangeait des fraises, et cela sans lui en demander la permission ; vous n'avez donc pas à vous plaindre d'elle. Quant à la façon dont j'ai appris ce que je vous dis là, elle est toute simple : ma source étant dans la terre, je sais alors ce qui s'y passe, et c'est une des femmes de chambre d'une des dames d'honneur de la nouvelle reine de ces lieux souterrains qui m'en a raconté l'histoire; elle doit être bien renseignée, je suppose !...

La pauvre Épi-de-Blé, ne pouvant plus alors douter de son malheur, après avoir demandé pardon à Aréthuse de sa vivacité, la remercia de ses renseignements et prit son vol pour aller trouver le grand juge qui demeurait sur un gros nuage, à cheval sur un aigle, avec la foudre dans sa main, afin de le prier de lui faire rendre sa fille qui lui avait été prise par le scélérat Diablotin.

M. Jupin, c'est ainsi que s'appelait le grand juge, la reçut avec bonté, la baisa affectueusement sur le front, puis, après avoir dépêché Vol-au-Vent, son courrier ordinaire, pour citer le roi des mines devant son tribunal suprême, il l'engagea à prendre patience et à se fier à sa justice.

La patience n'était pas le fort d'Épi-de-Blé;

pourtant, comme elle ne pouvait faire autre chose, elle se résigna donc et attendit.

Mais heureusement son attente ne fut pas de longue durée. Peu d'instants après, le noir et barbouillé Diablotin, suivi de son léger conducteur, entrait dans l'Olympe, et bientôt ils se présentèrent tous les deux devant le grand aigle qui supporte M. Jupin, sa foudre et sa puissance.

En voyant s'approcher Diablotin, le grand juge fronça le sourcil et la terre trembla jusque dans ses fondements; on raconte même que plusieurs villes furent renversées de fond en comble; mais les dieux alors ne s'occupaient pas de ces petits détails...

Donc M. Jupin fronça le sourcil, et, s'adressant d'une voix sévère au roi des mines :

— Venez çà, monsieur mon frère, fit-il, et dites-moi un peu, je vous prie, pourquoi vous vous permettez d'emmener ainsi les petites filles sans la permission de leurs mamans ?

Diablotin, avant de répondre, salua d'abord Épi-de-Blé, qui, bien loin de lui rendre cette courtoisie, ainsi que la plus simple politesse l'eût exigé, lui tourna le dos avec humeur ; puis, s'inclinant devant M. Jupin, il s'exprima ainsi :

— Grand juge, mon frère, je n'ai pas du tout emmené par force la gentille Grenadine ; je lui ai offert mon trône, ma main et mes confitures, et, ces dernières lui ayant souri, elle m'a suivi d'elle-même et sans efforts.

En entendant parler de confitures, Épi-de-Blé avait pâli, car, comme elle connaissait le vilain défaut de sa fille, elle comprenait que malheureusement il devait y avoir du vrai dans le rapport du roi des mines ; mais, ainsi que l'on fait toujours quand on sait que le bon droit n'est pas de son côté, elle prit de l'humeur et répondit avec colère :

— Vous êtes un vilain menteur, monsieur le roi des taupes et des ramoneurs, car ma fille Grenadine est bien trop gentille pour avoir choisi un mari aussi noir et aussi barbouillé que vous, eussiez-vous pour palais toutes les tartelettes, tous les gâteaux, tous les bonbons et toutes les confitures du monde.

Diablotin répliqua que son dire était vrai d'un bout à l'autre.

Épi-de-Blé continua à le démentir de toute sa force.

Si bien que maître Jupin, dans l'embarras et n'osant prononcer ni pour ni contre aucun des deux adversaires, se résolut, pour mettre fin aux débats, à interroger la princesse Grenadine elle-même; mais, comme il était fort galant, au lieu de faire demander devant lui la jeune déesse, ce qui eût pu la déranger, il se résolut à aller la visiter en personne, et, donnant un coup de pied à son nuage, il se trouva au même instant transporté dans le palais de Diablotin, avec la furieuse Épi-de-Blé et le roi des mines; mais sans son aigle et sa foudre.

Voilà une manière de voyager bien plus commode que ne le sont encore ni les chemins de fer ni les bateaux à vapeur, il faut l'avouer! mais la recette en a malheureusement été perdue avec une foule de choses du même genre.

Les trois voyageurs trouvèrent Grenadine qui se promenait tristement dans le jardin du palais entourée de sa cour, et je dois convenir que ce jardin n'était pas fait pour bien récréer, les esprits cus-

2.

sent-ils même été enclins à la gaieté, car les arbres
et les fleurs n'étaient que des ombres, les fruits des
boules de feu, le sable du soufre et les ruisseaux
des flammes.

En voyant ces nouveaux arrivés, la jeune déesse
fut partagée entre trois sentiments si divers, qu'elle
resta d'abord tout ébahie et absolument semblable
aux ombres qui l'entouraient. Ainsi, elle eût voulu
tout à la fois se précipiter dans les bras de sa mère,
se jeter aux pieds de M. Jupin pour implorer sa
protection, et se sauver de son mari qui lui faisait
une peur horrible. Mais ce fut le meilleur de tous
qui l'emporta enfin, car elle tomba dans les bras de
sa mère et éclata en déchirants sanglots.

— Vous le voyez, seigneur, s'écria la bonne Épi-
de-Blé les yeux remplis de larmes, le cœur palpitant de bonheur ; le vilain Diablotin a menti, les
faits parlent d'eux-mêmes : ma fille éprouverait-elle
tant de chagrin de se voir aussi mal mariée, si
elle eût consenti, comme on veut bien le dire, à cet
affreux mariage ?

Maître Jupin fronça son sourcil derechef, et heureusement pour les habitants de la terre, ce furent

les mines seules qui s'en ressentirent, puis, regardant Diablotin avec colère :

— Que dites-vous de cela, monsieur mon frère, lui demanda-t-il ? Épi-de-Blé n'a-t-elle pas raison devant le chagrin de sa fille ?

— Souvent les fillettes changent d'avis, et les pleurnicheries de Grenadine ne semblent rien conclure du tout... murmura avec humeur le roi des mines.

— Parbleu, il pourrait bien y avoir du vrai dans ce que marmotte tout bas mon frère, se dit à part lui le grand juge, qui était la justice incarnée, et je vais soumettre la petite Grenadine à une épreuve qui cette fois sera convaincante.

— Dites-moi, ma fille, demanda-t-il d'une voix douce à la jeune éplorée, avez-vous mangé quelque chose depuis que vous êtes ici ?

— Oh non, monsieur Jupin, je n'ai rien mangé du tout ! s'écria Grenadine en devenant rouge comme une pivoine.

— Bien vrai !... demanda derechef le grand juge, inquiet malgré lui de cette coloration brillante.

— Foi de déesse, je vous le jure ! exclama la

jeune femme; et elle jeta un regard de défi à son noir époux confus.

La tendre Épi-de-Blé triomphait déjà et croyait que la sentence de Jupin allait ordonner à Diablotin de lui rendre sa fille, quand des chuchotements de mauvais augure se firent entendre autour d'elle.

« Elle a mangé... — Si... — Non... — Je vous l'affirme... »

Voilà ce qui se murmurait à demi-voix parmi les courtisans, et ce que le grand juge et Diablotin entendaient aussi bien que la déesse, car le roi des mines redressait ses cornes de feu avec orgueil et les rendait brillantes comme des escarboucles, tandis que maître Jupin fronçait encore son sourcil pour la troisième, et non, je le crains, la dernière fois.

Tout à coup le grand juge redressa la tête, passa la main dans son épaisse chevelure, et, jetant un regard d'aigle sur les courtisans agités :

— Quel est celui d'entre vous qui ose porter une accusation contre sa divine souveraine? » dit-il d'une voix aussi retentissante que le tonnerre.

Personne n'osait répondre, quand Diablotin, prenant par le bras un de ses pages, et l'amenant
moitié de gré, moitié de force devant son frère, se
prit à dire à son tour :

— Seigneur, voici le marquis Ascalaphe des Charbons, qui m'assure avoir offert à ma femme une
belle grenade dont elle a mangé la moitié.

—Est-ce vrai, cela, monsieur ? » demanda maître
Jupin avec hauteur...

En entendant ces mots, le pauvre page eut bien
voulu se fourrer dans un trou de souris, et il re-
grettait du fond du cœur son bavardage, puisqu'il
lui fallait à présent mécontenter ou le grand juge
ou son maître, car il était trop fin pour ne pas voir
que la balance de Jupin penchait très-fort du côté
des beaux yeux de Grenadine ; mais, comme il était
aussi sujet du roi Diablotin, que de plus celui-ci
lui avait promis, pour récompenser son rapport, une
charge plus élevée à la cour que celle qu'il possédait
déjà, et de changer son titre de marquis des Charbons en duc des Étincelles, deux choses bien ten-
tantes, il faut en convenir ; prenant, comme on dit,
son cœur à deux mains, il répondit après une légère

hésitation et en tremblant de tous ses membres :

— Oui, grand juge souverain, j'ai vu la reine Grenadine croquer avec ses jolies petites dents blanches des pepins de grenade bien sucrés que je lui avais moi-même servis sur une assiette de diamant. »

En entendant cette déposition terrible, maître Jupin jeta un regard courroucé à la jeune coupable, en s'écriant d'une voix sévère :

— Malheureuse! tu seras donc gourmande jusque dans les enfers...»

Puis, se retournant vers les deux plaideurs, il prononça le jugement suivant :

— La déesse Grenadine restera la femme de Diablotin son mari. Elle habitera avec lui durant six mois chaque année, et les autres six mois appartiendront à sa mère. J'ai dit!... Inclinez-vous et obéissez... »

A cet ordre, chacun s'inclina profondément, même la furieuse Épi-de-Blé, bien décidée pourtant à s'évanouir ; mais, avant de réaliser ce projet, elle cracha au nez du pauvre Ascalaphe — ce qui n'était pas là du tout l'action d'une personne bien élevée,

— et le changea en hibou pour le punir de son bavardage ; puis elle tomba sans connaissance auprès
de maître Jupin, qui, sans perdre son temps à lui
jeter de l'eau au visage, d'un coup de pied la recon-
duisit chez ses mamans, et d'un autre coup de pied
rentra chez lui. Vous devez vous rappeler que c'était
sa manière de voyager.

Voilà donc la gourmande Grenadine bien punie !
et je vais vous faire connaître en quelques mots ce
que c'était que ce royaume des Mines, afin que vous
vous disiez qu'il eût mieux valu manger du pain
sec toute sa vie que d'être condamné à demeurer
tous les ans six mois dans un lieu semblable.

D'abord, pour portier, au lieu d'avoir un de ces
beaux suisses, galonnés comme il y en a au palais
des Tuileries et même dans tous les hôtels de nos
ministères modernes, on voyait un gros vilain chien
à trois têtes, qui ne dormait jamais et aboyait tou
jours. Ce méchant animal s'appelait Cerbère.

Puis, les dames d'honneur de la reine étaient à
l'avenant du portier. C'étaient d'abord madame la
Discorde, la bouche écumante, la tête hérissée de
serpents, le front ceint de bandelettes ensanglan-

tées ; toujours habillée d'une robe déchirée, couleur
de feu, et portant dans ses mains des vipères, des
torches enflammées. Mademoiselle la Peur, avec sa
figure pâle, ses cheveux qui se hérissent au moindre
bruit, ses yeux hagards, sa robe changeante. Madame la Calomnie, belle femme au regard assuré,
à l'air imposant, au port noble ; mais qui porte dans
son sein un poignard sanglant, et tient crispés
dans ses mains les cœurs qu'elle vient d'arracher
et qui sont tout palpitants encore. Mademoiselle
la Douleur, toute vêtue de crêpes funèbres, est
la quatrième de ces dames d'honneur de Grenadine, lesquelles sont sous la surveillance de la
grande maîtresse du palais, qui s'appelle la Mort,
et dont je n'ai pas besoin de vous peindre le triste
costume.

Vous devez comprendre, sans que j'aie besoin de
vous le dire, qu'il y fait toujours noir, dans le
royaume des Mines. Effectivement, la Nuit a la vice-
royauté de ces lieux, qu'elle regarde comme son
empire ; aussi elle le parcourt sans cesse d'un vol
rapide et silencieux ; ses bras étendus et ses vastes
ailes montrent à tous, aux uns des pavots, aux autres

un flambeau éteint, comme pour prouver qu'il faut dormir toujours.

Eh bien, malgré cela il y a encore des gens qui travaillent dans ce sombre royaume !... Tenez, là-bas, là-bas, regardez bien et vous verrez une grande filature, sur la porte de laquelle il y a une belle enseigne portant écrit en lettres de feu — *Le Destin, sans compagnie.*

Entrons-y un moment, si vous le voulez bien, et saluons les trois dames qui sont chargées de présider les travailleuses. Ces dames s'appellent les Parques. Voici d'abord l'aînée, mademoiselle Clotho ; voyez son air affairé, car elle tient dans ses mains une belle quenouille toute couverte de laine blanche et noire, entremêlée d'or et de soie ; et cette quenouille doit porter sans doute la vie d'une impératrice ou celle d'une reine, aussi mademoiselle Clotho, le bras tendu, le front élevé, me rappelle un peu l'âne qui portait les reliques et qui se rengorgeait en croyant que toutes les salutations des passants étaient pour lui.

Cette vieille demoiselle assise à ses pieds est sa sœur cadette ; elle s'appelle Lachésis, et sans penser

3

à mal elle tourne sans cesse le fuseau de la main gauche et de la droite conduit le fil léger qui fuit sous ses doigts, tandis que la plus jeune, l'étourdie Atropos, coupe à tort et à travers avec de longs ciseaux très-effilés qu'elle tient entre ses mains.

Nous assistons là au travail journalier de ces dames, mais à de certaines heures elles vont surveiller l'atelier et chacune y apporte son même caractère : ainsi Clotho engage les travailleuses à mettre le plus de laine qu'elles peuvent sur leurs fuseaux, Lachésis à faire leur fil le plus fin et le plus long possible sans le casser, tandis que l'insupportable Atropos, sans penser que chacune de ces fileuses travaille à la quenouille que lui a remis le Destin et qui porte ainsi la vie de tous les êtres, coupe toujours sans rime ni raison et sans qu'aucune considération ne l'arrête.

D'après ce faible aperçu sur le pays où règne l'infortunée Grenadine, demandez-vous un peu, je vous prie, si le temps qu'elle passe en ce lieu ne doit pas lui sembler éternel et quelle doit être sa joie quand, les six mois de ses vacances étant arrivés, elle peut retourner sur la terre auprès de sa mère

et de ses amies... C'est si doux d'embrasser sa maman, de voir le soleil et de *respirer* les roses !...

— Oh ! le joli conte !... le joli conte !... s'écrièrent alors tous les enfants en battant des mains
quand maître Pierre eut achevé son récit.

— Eh bien ! tante Dorothée, ai-je tenu ma promesse?... fit le contre-maître d'un air tout triomphant, et ne trouvez-vous pas mon conte aussi joli
que la Belle aux cheveux d'or? quoiqu'il soit instruc-
tif au fond.

— Peut-être, répliqua l'honnête demoiselle qui
ne voulait pas se rendre sans combattre. Seulement
je ne sais pas trop pourquoi vous déguisez ainsi les
noms des dieux et déesses ; il me semble pourtant
que Pluton, roi des enfers, serait aussi joli que
Diablotin, roi des mines.

— Mais ce serait moins nouveau !... exclama
en riant maître Pierre, et je suis sûr d'ailleurs que
mes petits auditeurs m'ont parfaitement compris,
malgré cela... Dis-moi, Émile, qui est M. Jupin?
fit-il en se retournant vers son plus proche voisin.

— Mon bon ami, c'est Jupiter, le roi des dieux

qui habitait l'Olympe et dont le froncement du sourcil faisait trembler le monde, dit Émile, tout orgueilleux de montrer ainsi sa science.

— Et Vol-au-Vent, le sais-tu, Jacques?...

— Je crois que c'est Mercure que vous appelez
ainsi, parce qu'il a des ailes aux talons, répondit
l'enfant en rougissant de timidité.

— Lequel de vous me dira également qui sont et
Veau-Marin, et Épi-de-Blé, et Grenadine? demanda
le narrateur en jetant un regard interrogateur autour de lui.

— Moi!... moi!... moi!... s'écrièrent une foule
de voix argentines.

Et de toutes parts on raconta ceci :

— Épi-de-Blé, c'est Cérès, la déesse de l'agriculture; Grenadine, c'est Proserpine, sa fille, qui
épousa Pluton et devint reine des enfers ; Veau-
Marin, c'est Neptune, le dieu des mers...

— Allez-vous encore me dire que mon récit
n'est pas intelligible pour ces enfants?... fit alors
d'un air enchanté maître Pierre en se retournant
vers sa vénérable amie pour en recevoir le compliment qu'il espérait.

Mais celle-ci, loin de le satisfaire et feignant de ne pas l'entendre, se leva du tertre de gazon sur lequel elle était assise en disant :

— Allons, enfants !... il est temps de reprendre le chemin de la fabrique...

Et toute la bande joyeuse se mit en route. Mais le jeudi suivant le triomphe de maître Pierre fut complet, car ce fut à lui et non à la tante que les gentils promeneurs demandèrent un conte, aussi s'empressa-t-il de leur raconter le suivant.

L'OR MAUDIT

L'OR MAUDIT

———————

Dans le beau royaume de Lydie, gouverné alors
par le roi Midas, le plus sot, le plus vaniteux et le
plus avare des mortels, il y avait autrefois, à une
époque qui se perd dans la nuit des temps, une superbe fontaine dont la source sortait en bouillonnant
d'une haute montagne toute de marbre.

Un jour qu'elle versait comme à l'ordinaire
ses belles eaux fraîches et limpides que le soleil
levant semblait couvrir de paillettes dorées, il arriva auprès de ses bords un charmant jeune homme

3.

appelé Marsyas. Lequel vêtu avec une simplicité gracieuse tenait à la main une flûte d'or tout enrichie de pierreries.

Il regarda autour de la fontaine avec inquiétude, et apercevant un vieillard et une jeune fille qui s'y désaltéraient, il s'en approcha, leur souhaita courtoisement le bonjour, et leur demanda si l'eau qu'ils buvaient était aussi bonne qu'elle était belle.

— Voulez-vous en faire vous-même l'épreuve; seigneur, répondit la jeune fille en offrant au jeune homme une amphore toute remplie, qu'elle tenait entre ses mains.

L'étranger salua, approcha l'amphore de ses lèvres et après avoir bu à longs traits, car il était fort altéré, il s'écria avec ravissement :

— Oh ! l'excellente eau !... elle est plus que délicieuse!.. Puis il ajouta : Voulez-vous être assez bonne, mademoiselle, pour me dire comment s'appelle cette fontaine?...

— Elle porte le nom de Pirène, monsieur, répondit modestement la jeune fille. Ma grand'mère m'a raconté que cette fontaine avait été jadis une

grande dame aussi célèbre par sa beauté que par
ses richesses et sa puissance, et que son fils ayant
été tué à coups de flèches par la déesse Diane, appelée la chasseresse ou biche au bois, tout son
corps se fondit en une source de larmes dont les
dieux ont fait une fontaine : légère consolation pour
une si grande douleur !..

— Je ne me serais jamais imaginé, fit le jeune
homme avec émotion, que les larmes d'une malheureuse mère pussent former une eau si douce et
si agréable ! C'est que sans doute l'âme de son
fils erre sur ses bords, et qu'elle espère ainsi la
désaltérer dans son sein.

Marsyas parlait encore quand un grand bruit se
faisant entendre au haut des nues, l'on vit planer
au-dessus de la fontaine un grand et superbe cheval
aussi blanc que la neige, avec de larges ailes d'argent, et qui portait sur son dos un jeune homme
plus beau que le soleil, ayant en croupe de belles
jeunes filles derrière lui.

Le cheval s'abattit légèrement, et les voyageurs
en descendirent plus légèrement encore; puis tandis
que les jeunes filles déchiffonnaient leurs robes qui

s'étaient un peu froissées durant leur ascension, le nouveau venu se prit à dire en regardant autour de lui avec dédain :

— Où donc est le vaniteux Marsyas qui a osé appeler en défi dans ce lieu le prince de l'harmonie?

— Le voici devant vous, seigneur, fit le jeune homme en saluant courtoisement l'étranger qui, loin de répondre à cette politesse, le toisa du haut en bas d'un air de mépris en laissant tomber de ses lèvres :

— Ah! c'est vous, mon petit monsieur, qui me défiez, moi Apollon, le dieu de la musique ! vous êtes bien impertinent, savez-vous!...

— Je suis encore plus musicien qu'impertinent, seigneur, répliqua Marsyas en se redressant d'un air piqué. C'est moi qui ai trouvé la flûte que votre sœur la déesse Minerve a jetée de dépit un jour dans une fontaine, ajouta-t-il en montrant la flûte merveilleuse qu'il tenait dans ses mains; et, comme au dire de tous les mortels, je m'en sers mieux que ne le faisait la déesse elle-même, je peux bien, il me semble, appeler au combat Votre Excellence harmonieuse sans être taxé d'impertinence ni d'orgueil.

Apollon se prit à sourire d'un air narquois en entendant ces mots.

— Et quel est la valeur du pari ? demanda-t-il sur le même ton.

— Ce que décidera Votre Excellence, répondit fort poliment Marsyas.

— Ce sera une discrétion alors ? laissa tomber le dieu de ses lèvres vermeilles.

— Une discrétion, soit !.. fit toujours aussi respectueusement le jeune homme.

— Mais prenez garde, monsieur, répliqua sévèrement le dieu, qui commençait à perdre patience. Cette discrétion doit être avec toutes ses plus grandes conséquences; en un mot, le vaincu sera complétement à la disposition du vainqueur.

— Vous m'offrez une indiscrétion alors, il me semble, dit Marsyas en souriant de plus belle; mais je ne veux pas jouer sur les mots et j'accepte la chose. Seulement je vous demanderai quels seront nos juges.

— Mes juges, les voici, fit Apollon en montrant les jeunes filles qui l'avaient accompagné; ce sont

les neuf Muses mes sœurs, et personne ne s'entend
en art mieux qu'elles...

Marsyas salua d'abord très-respectueusement ces
demoiselles, qui répondirent à son salut par de gentilles révérences; puis ayant objecté qu'il n'était
pas juste que le public ne fût composé que des amis
de l'un des deux combattants, Apollon ayant fait un
signe, aussitôt une foule immense s'avança vers la
fontaine.

Alors, comme il n'y avait plus d'observation
nouvelle à faire, Marsyas commença, et il tira de sa
flûte des sons si mélodieux, qu'ils furent salués
d'acclamations générales.

En l'écoutant, Apollon éprouva une véritable inquiétude, et furieux contre ce mortel qui la lui faisait éprouver, il se promit la vengeance en même
temps que la victoire. Aussi, quand pour répondre
il détacha la lyre divine qui flottait sur son épaule,
il jeta un regard assuré sur l'assemblée et un nouveau défi au pauvre Marsyas triomphant.

Alors, se livrant à tout le charme de l'harmonie,
il fit passer dans le cœur de son auditoire un ravissement si complet que les plus douces larmes s'é-

chappaient de tous les yeux. Ce que voyant, l'infortuné Marsyas prévit aussitôt sa défaite.

— Je me rends, seigneur ! s'écria-t-il, ayant lui-
même les yeux humides d'une émotion agréable et
non envieuse; vous êtes véritablement le dieu de
la musique, et tous les mortels vous doivent leurs
hommages !..

Mais loin d'être désarmé par ce touchant aveu,
Apollon, regardant son jeune rival avec mépris, lui
répondit d'un air méchant :

— Eh bien, monsieur, vous m'appartenez maintenant... attendez un peu votre récompense.

Et, j'ai honte de vous le dire, à peine la foule se
fut-elle entièrement écoulée que malgré les suppli-
cations des neuf Muses, qui, de douleur, remontè-
rent sur leur beau cheval Pégase et retournèrent à
tire-d'aile sur le mont Parnasse leur demeure, Apollon attacha le pauvre Marsyas à un arbre, et, sans
pitié, l'écorcha tout vif. Seulement, quand cette
affreuse opération fut achevée, il forma du sang et
des pleurs de ce malheureux un fleuve qui porte le
nom de Marsyas ; mais les mauvaises langues pré-
tendent que ce fut, beaucoup plus pour perpétuer le

souvenir de sa victoire, que comme remords de sa
méchante action, qu'il immortalisa son rival.

Or, comme la foule qui avait assisté au délicieux
concert de la fontaine en chantait les merveilles
par toute la ville, le bruit en arriva bientôt jusqu'aux oreilles du roi, et Midas s'informant alors,
apprit qu'un musicien étranger était arrivé des
nuages et chantait sur la lyre d'une façon des plus
agréables.

Il faut que vous sachiez, qu'entre autres ridi-
cules, Midas avait celui de se vanter à tout propos
de ses connaissances en musique, et il s'y connaissait comme ma pantoufle; aussi, en apprenant le
talent sublime d'Apollon, se prit-il à dire en mettant
son poing sur sa hanche :

— Par la barbe de Jupiter! je serais curieux de
juger cet homme-là! Qu'on me l'amène donc au
plus vite, je vais faire ma toilette et je l'écouterai
pendant que mon barbier me rajeunira, ça me fera
paraître le temps moins long.

Effectivement, quelques instants après Apollon
se présente devant Midas.

— Vous jouez de la lyre, m'a-t-on dit, mon ami,

laissa tomber le roi du haut de sa grandeur. C'est assez gentil, la lyre!.. je m'y connais, quoique je n'aie jamais appris à en pincer... mais les rois savent tout sans rien apprendre... Je vous dirai donc si vous jouez bien... Allons! n'ayez pas peur et commencez.

Comme Midas débitait ainsi toutes ces impertinences à Apollon qui, loin de s'en fâcher, s'en amusait fort, tout au contraire, on annonça au roi une visite : c'était le seigneur Pan, son favori, qu'on appelait aussi le prince du chalumeau, parce qu'il chantait sans cesse sur cet instrument primitif, au grand plaisir du roi qui le regardait comme le premier musicien du monde. Aussi, en le voyant, Midas poussa une exclamation joyeuse, et courant à lui, le prenant par la main et le présentant à Apollon :

— Les dieux vous protègent, lui dit-il, en vous envoyant un si grand rival, car c'est vous proposer, dans le cas ou vous triompherez, une victoire éclatante. Allons! que l'un de vous deux commence! On va me faire la barbe et je suis tout oreilles pour vous écouter.

Alors le seigneur Pan, ravi de pouvoir plaire à

Midas, sortit de sa poche son éternel chalumeau et se dandinant sur ses deux pieds de bouc, il se mit à faire une infernale musique propre à faire fuir tous les humains, mais qui charmait si fort au contraire le roi de Lydie, qu'en l'écoutant il se pâmait d'aise, levait les yeux au ciel d'un air ravi, frappait ses mains l'une contre l'autre avec rage, en un mot ressemblait à un âne qui, en entendant braire son frère, dans son ravissement, se met à braire avec lui à l'unisson.

— C'est charmant !.. c'est admirable !.. c'est divin !.. s'écria-t-il ; bravo... brava. . bravi... je me sens mourir de plaisir !..

Pan ayant heureusement fini, Apollon commença à son tour ; mais à peine eut-il fait retentir les premiers accords et de sa lyre et de sa voix, que Midas l'interrompit en s'écriant :

— Par Jupiter ! vous chantez comme on parle... mais c'est mesquin... mauvais !.. de vilain goût... Votre genre est petit... votre voix fausse... vous n'entendez rien à l'harmonie, mon cher !..

Puis, se retournant vers son favori, il ajouta avec un sourire protecteur :

— Prenez quelques leçons de ce grand maître et peut-être vos défauts se corrigeront-ils... Vous êtes jeune... ne désespérez pas de l'avenir... D'ailleurs, si vous êtes bien sage, bien laborieux et bien soumis aux profonds avis que vous recevrez de M. Pan, le plus illustre musicien des temps passés, présents et à venir sans doute, je vous promets ma protection.

Midas parlait encore quand il sentit éclore sous sa chevelure une paire d'oreilles, longues et velues, c'est-à-dire des oreilles d'âne.

Pan, que sa position de demi-dieu rendait connaisseur en prodige, fut fort effrayé de celui-ci, et se sauva au plus vite tout en se promettant *in petto* de garder sur cela le plus profond silence, tandis qu'Apollon s'envolait en souriant afin de remonter au Parnasse, et que le malheureux roi de Lydie demeurait tout penaud entre les mains de son barbier.

— Que faire?... que devenir?... exclama-t-il enfin en laissant échapper et ses gémissements et ses larmes... Moi... Midas... des oreilles d'âne! quel contre-sens, grands dieux!...

Le barbier du roi, en adroit courtisan qu'il était, engagea Sa Majesté à calmer son désespoir.

— Tout peut se cacher, dit-il, et les oreilles aussi bien que le reste; ainsi, sous une longue perruque à tirebouchons frisés qui pourra découvrir l'inconvénient velu que ce méchant dieu a fait pousser sur votre auguste personne?

— Mais je dois présider le conseil des ministres tout à l'heure, fit le roi en redoublant ses sanglots, et s'ils voient mes oreilles, comment écouteront-ils mes avis?...

— Eh bien, que Votre Majesté fasse dire qu'elle est malade... qu'elle se mette au lit, qu'elle enfonce son bonnet de coton jusqu'à son menton même et demain soir la perruque que je lui propose sera confectionnée, répliqua le rusé barbier.

Puis il ajouta, connaissant l'avarice du roi :

— Seulement elle coûtera fort cher, cette perruque...

Un profond soupir que poussa Midas fit tressaillir le barbier, qui s'arrêta court.

— C'est égal!... coûte que coûte, je la veux, dit le roi avec énergie; mais avant, tu vas me jurer par les Parques, par la Lune et par les Enfers que tu ne divulgueras jamais ce secret fatal.

Le barbier prononça le serment qui lui était demandé. Alors Midas se mit au lit, fit glisser son bonnet de coton sur ses longues oreilles, et, avant d'appeler sa cour pour lui apprendre sa maladie, il rappela au barbier son serment, en ajoutant :

— Souviens-toi bien d'ailleurs que si tu te tais, tu seras comblé d'honneurs et de biens, et que si tu parles, je te fais couper la tête...

Le surlendemain donc le roi porta perruque, et comme chacun s'empressa à l'envi de lui en faire les plus grands éloges et d'imiter son exemple, il oublia si bien la leçon sévère qu'il avait reçue qu'il recommença de plus belle à juger les gens à tort et à travers.

Mais moins heureux que son maître, le barbier n'en gardait que trop bien la mémoire! et comme il était fort bavard de son naturel, la langue lui démangeait nuit et jour de raconter l'étrange aventure dont il avait été le témoin. Seulement deux choses l'arrêtaient : son serment d'abord, car il était aussi fort honnête homme, puis encore la promesse

qui lui avait été faite de lui couper la tête en cas
d'indiscrétion. De tout cela il résultait qu'il ne mangeait plus, dormait moins encore, en un mot dé-
périssait à faire pitié.

Vainement sa femme, sa mère et ses amis l'acca-
blaient de questions, il gardait avec eux le plus
profond silence, et, pour ne pas manquer à sa
promesse, il les fuyait comme l'on fuit des gens que
l'on déteste. Enfin, sentant bien qu'il deviendrait
fou s'il continuait à vivre ainsi, il se résolut d'en-
fouir ce secret fatal dans la terre.

— Ce ne sera pas être parjure à mon serment,
se dit-il, et je serai bien soulagé quand je ne porte-
rai plus seul ce lourd fardeau.

A cette intention, il s'en alla dans un endroit
écarté, creusa un grand trou, et se penchant vers
l'orifice, il prononça durant un quart d'heure sans
s'arrêter :

— Le roi Midas a des oreilles d'âne... le roi
Midas a des oreilles d'âne...

. . . .

Bien soulagé après cela, il rentra en son logis,
embrassa sa femme et sa mère d'un air joyeux,

mangea comme un ogre, but comme un sonneur, dormit comme une marmotte, et le lendemain reprit gaiement sa vie et ses occupations habituelles.

Mais voici bien une autre histoire !... Sur le trou, que le barbier avait eu le soin de reboucher en s'en allant, il poussa une grande quantité de roseaux qui, chaque fois qu'ils étaient agités par le vent, répétaient gentiment entre eux :

— Le roi Midas a des oreilles d'âne... le roi Midas a des oreilles d'âne...

Et vous comprenez que ces roseaux faisant grand bruit dans le monde, de tous côtés on vint pour les écouter. Si bien que le pauvre Midas, tout honteux, prit la fuite pour ne pas rougir devant ses sujets.

Et comme je vous ai dit qu'il était fort avare, je vais vous en donner la preuve : il emporta son trésor et oublia sa fille !...

Mais heureusement Fleur-d'Or, c'est ainsi que s'appelait la princesse, était une enfant si dévouée qu'elle fit aussitôt son paquet et suivit les traces de son père, lequel, je dois en convenir, éprouva un plaisir extrême de la revoir.

Ce fut donc tous deux, et bras dessus bras des-

sous, qu'ils arrivèrent enfin à la cour de Trinque-
Fort, roi du vin. On se salua d'abord avec courtoisie, puis Midas, ayant raconté sa triste histoire en
jetant naturellement tout le blâme de la chose sur
Apollon, demanda à Sa Majesté vinicole s'il ne lui
serait pas possible, sinon de défaire entièrement, au
moins de diminuer beaucoup ses oreilles.

— Je ne le peux pas, seigneur, répondit Trinque-
Fort en souriant et jetant un regard des plus gracieux à la gentille Fleur-d'Or, pour laquelle il se
sentait un vif intérêt, Apollon est mon frère et l'on
doit se soutenir en famille ; mais, comme consolation, demandez-moi ce que vous voudrez et je vous
l'accorderai sur l'heure.

Fleur-d'Or s'était éloignée par modestie, tandis
que le roi du vin parlait ainsi ; aussi n'entendit-
elle pas le souhait funeste de son père, d'autant
que c'était presque à voix basse, tant elle était émue
de joie, que le sot Midas prononça ces paroles fatales:

— Je demande l'heureux privilége de changer
en or tout ce que je toucherai.

Trinque-Fort le regarda avec surprise.

— Accordé! fit-il en haussant les épaules de pitié.

et il tourna brusquement le dos à son hôte après avoir toutefois recommandé à ses officiers de le conduire ainsi que sa charmante fille dans les appartements que l'on venait de préparer pour eux.

Mais laissons Fleur-d'Or entrer dans sa chambre pour réparer le désordre de sa toilette, et suivons le roi de Lydie dans la sienne.

Il y trouva un grand feu qui brûlait dans l'âtre, et tout à côté une table très-bien servie. Il y avait des perdreaux truffés, des crevettes, de bonnes crèmes, de beaux gâteaux, enfin l'aspect seul eût donné la faim à qui n'eût pas eu d'appétit, et jugez l'effet qu'il dut produire sur le pauvre Midas, dont l'estomac était vide et les dents longues d'une aune.

— Oh ! que je vais bien manger ! exclama-t-il en se laissant tomber plutôt qu'il ne s'assit dans le fauteuil qui était placé devant la table. Mais par quoi commencerai-je ?.. fit-il en claquetant sa langue contre son palais d'un air ravi. — Par ces perdreaux : leur fumet embaume, ils doivent être excellents.

Et tout en parlant ainsi, il mit la main sur une des fourchettes, qu'il plongea dans le poitrail de

4

l'un des perdreaux pour le poser sur son assiette.

— Tiens !.. tiens !.. tiens !.. fit-il en poussant un
cri joyeux, le bon Trinque-Fort m'a tenu parole, car
voici ma fourchette qui d'argent qu'elle était devient
or !... Quelle bonne fortune !... mais par exemple
j'aurai soin de l'emporter quand je m'en irai, car
elle est à moi puisque c'est moi qui l'ai transformée.

Et dans son ravissement il ne s'apercevait pas
que le couteau avait subi la même transformation
que sa fourchette.

Ce fut le parfum qui s'exhala des truffes quand
elles s'échappèrent fumantes des entrailles de l'oiseau qui le rappela à la réalité.

— Mais mangeons gaiement, fit-il, ma fortune
est plus grande que tous les trônes du monde ; vive
la joie et les perdreaux aux truffes !

Et en parlant ainsi il porta à sa bouche un morceau de viande soutenu par la moitié d'une truffe
au moins. Alors, hélas ! il resta glacé non-seulement de surprise, mais encore de terreur, quand
tout cela touchant son palais et ses lèvres, de le
sentir se transformer en une substance métallique
et se durcir en petits lingots.

— Qu'est-ce cela ?.. s'écria-t-il avec effroi en cra-
chant sur son assiette ce qu'il avait dans sa bouche
et découvrant, non cette fois avec bonheur, que c'é-
taient des morceaux d'or.

Il resta d'abord quelques instants tout contrit,
puis secouant cette torpeur funeste :

— Bah ! fit-il, il n'y a pas de plaisir sans peine,
si je ne peux pas manger, je boirai ; on ne meurt
jamais de faim avec de bon vin, du bouillon succulent et de l'excellent chocolat. D'ailleurs l'or ne
peut jamais être trop payé ; j'en ai autant que j'en
veux, plus que je n'en veux, même, je suis donc un
homme heureux.

Et tout en dissimulant un soupir, Midas versa un
grand verre de vin de Malaga, sans se réjouir cette
fois de ce que la carafe et le verre s'étaient changés
en or, aussi bien que le couteau et la fourchette,
aussitôt qu'il les avait touchés ; et, espérant à force
d'adresse et de promptitude réussir à éviter le grave
inconvénient qui l'inquiétait, il se pencha en ar-
rière et essaya d'avaler le contenu de son verre tout
d'un trait ; mais le don fatal du toucher d'or avait
une puissance d'action instantanée bien supérieure

à la sienne, car à peine l'eut-il versé dans son gosier qu'il se sentit étranglé non par le liquide bienfaisant qu'il espérait boire, mais par de l'or en fusion qui lui brûla tellement le gosier et la langue qu'il en jeta un cri de douleur et s'élançant hors de la table ; et se mit à sauter et à bondir, tout en rejetant cet or maudit, à la façon d'un animal furieux enfermé dans une cage de fer.

En entendant ce cri qui retentit au fond de son cœur, Fleur-d'Or, qui était aussi affectueuse que charmante, accourut au plus vite.

—Mon cher père !... mon cher père !... Qu'avez-vous ?... s'écria-t-elle avec inquiétude en voyant le malheureux Midas faire des contorsions effroyables ; vous seriez-vous brûlé, par hazard ?...

Heureusement qu'en ce moment l'or en fusion, s'étant durci, était devenu froid ; aussi le roi de Lydie, plus calme, put-il répondre à sa fille.

—Ah !.. ma chère enfant, votre père est un homme bien malheureux !

—Malheureux ! vous, exclama la gentille princesse ; hélas ! le trône est-il donc si regrettable qu'avec l'amour de votre fille et toutes les richesses qui vous entourent, vous pensiez à votre départ de Lydie d'une façon si douloureuse?

Midas releva vivement la tête, les yeux brillants et la bouche souriante en entendant ces mots; car ses brûlures s'étant calmées, avec la douleur, les sages pensées qui lui faisaient se dire que l'or n'était peut-être pas le seul bien désirable de ce monde s'étaient envolées en même temps.

— Bah! pour un déjeuner!.. se dit-il; d'ailleurs je n'ai plus faim, et comme j'ai de l'or, les médecins trouveront bien un moyen de me nourrir sans que je mange.

Aussi se remit-il tranquillement dans son fauteuil en engageant Fleur-d'Or à déjeuner.

La princesse, qui elle aussi avait un très-vif appétit, obéit au plus vite à cette invitation, et se mit gaiement à dévorer à belles dents et les crèmes et les gâteaux, dont le doux parfum fit tressaillir de convoitise le pauvre Midas, qui la regardait faire avec envie.

— Vous n'avez donc plus faim, mon père?... lui demanda plusieurs fois la princesse; il me semble pourtant que vous avez bien peu mangé.

4.

— Non... non... je n'ai plus faim... répondait chaque fois le pauvre homme d'une voix lamentable, car son estomac lui criait famine d'une voix bien plus lamentable encore ; aussi il vint un moment où il lui fut impossible de se contenir et il éclata en sanglots.

A cette vue, Fleur-d'Or, jetant loin d'elle et sa cuiller et ses gâteaux, se leva précipitamment de table et s'élança au cou de son père en s'écriant :

— Qui cause votre chagrin ? dites-le-moi, que je le partage... Parlez, que je pleure avec vous !..

En ce moment le riche malheureux sentit combien l'amour de son enfant valait mieux que tout l'or maudit qu'il avait le don funeste de faire naître ; aussi, dans un élan de tendresse il passa ses bras autour du cou de Fleur-d'Or, et laissant tomber sa tête sur la poitrine de son enfant, il s'écria :

— Cher trésor !... mon premier bien dans ce monde, tu me consoleras de mes peines et tu m'aideras à ne pas mourir.

Mais, bien loin de lui répondre et de lui rendre ces caresses, Midas sentit que les membres de sa fille devenaient roides et froids comme du métal, et quand il leva les yeux sur elle pour voir si elle n'était pas évanouie, il jeta un cri de détresse, car, victime de la passion fatale de son père, la jeune fille n'était plus qu'une statue d'or.

En la voyant ainsi, Midas poussa des hurlements de désespoir si violents, que non seulement tous les gens du palais, mais encore le roi Trinque-Fort en personne accoururent à son secours; mais d'un coup d'œil ce dernier ayant deviné de quoi il s'agissait, il éloigna tout le monde d'un geste souverain afin de rester seul avec son hôte.

— Eh bien, mon bon ami, dit-il alors à celui-ci en lui touchant légèrement l'épaule, comment vous trouvez-vous du don que vous m'avez demandé ?

Midas releva la tête avec effort, et montrant son visage couvert de larmes :

— Hélas ! je suis bien malheureux ! dit-il d'une voix dolente à faire pitié.

— Malheureux !... vous !... exclama Trinque-Fort en feignant la surprise; mais je vous vois entouré d'or de tous côtés, et quand vous en voudrez d'autre vous en aurez encore ! vous en aurez toujours !..

— De l'or !... c'est bien !... mais, est-ce que l'or est tout dans ce monde ? exclama le roi de Lydie en redoublant ses sanglots.

— Ah bah !... vous commencez donc à reconnaître le néant des richesses? interrompit en riant le roi du vin. Voilà une découverte qui a son prix... et je suis sûr qu'à présent vous changeriez sans peine le don du toucher d'or contre un verre d'eau fraîche, par exemple, quoique l'eau soit une détestable chose !... ajouta Trinquefort avec une très-dédaigneuse grimace.

— Oh ! de l'eau ! de l'eau ! et je donne pour cela tout l'or maudit !... s'écria le malheureux Midas en cherchant avec sa langue desséchée à rafraîchir ses lèvres brûlantes.

— Vous donneriez le toucher d'or pour une croûte de pain, fût-il bien sec et bien noir, n'est-ce pas? continua sur le même ton narquois le railleur roi du vin.

— Du pain !.. manger du pain !... mais cela vaut mieux que tous les trésors de la terre !... et dire que je n'en mangerai plus jamais ! fit avec un profond découragement l'infortuné.

— Vous préféreriez aussi maintenant peut-être votre fille charmante, la princesse Fleur-d'Or, à...

— Ma fille !... mon enfant !... mais je la préfère non-seulement à tout l'or, mais encore à toutes les pierreries et à toutes les richesses du globe ! interrompit Midas vivement ému ; et pour la retrouver telle qu'elle était tout à l'heure, je consentirais à n'être qu'un pauvre, un misérable, à aller demander l'aumône sur le grand chemin...

— Allons !... tu es plus sage que tu ne l'étais ce matin ! exclama le roi du vin avec une gravité rare pour lui, et je vois que ton cœur n'est pas encore un lingot d'or lui-même; aussi, comme j'espère que cette leçon te profitera, non-seulement je t'ôte le don funeste que je t'avais accordé, mais encore je vais t'aider à réparer le mal que tu as fait depuis une heure... Va te plonger dans la rivière qui coule au fond du jardin. Sur ses bords tu trouveras une cruche : remplis-la de l'eau de cette même rivière, et en lavant avec elle tous les objets que tu as transformés ils reprendront leur forme nouvelle. — Adieu, au plaisir de te revoir plus content.

Et comme Trinque-Fort s'éloigna aussitôt après
avoir fort poliment salué son hôte, celui-ci, jetant
un regard d'espérance sur la statue d'or qui renfermait son enfant, descendit quatre à quatre l'es-
calier et courut de toutes ses forces vers la rivière,
où il se précipita tête baissée sans avoir la précaution d'ôter ses vêtements tant il était pressé.

Au bout de quelques instants il vit des paillettes
d'or qui se jouaient sur la surface de l'onde.

— Tiens! tiens! tiens! se dit-il, voici le Pactole
qui me lave tout à fait (j'avais oublié de vous dire
que cette rivière s'appelait le Pactole); béni soit
Jupiter! il ne restera plus rien de l'or maudit sur
moi lorsque j'en sortirai...

Au bout de quelques instants il en sortit en effet
tout guéri, vit la cruche, s'en saisit avec empressement, l'emplit d'eau comme il le lui avait été commandé et rentra, toujours courant, dans la chambre
où Fleur-d'Or transformée l'attendait naturellement
sans inquiétude.

Alors, sans penser aux autres choses faites or
par son toucher, ou peut-être voulant les garder
comme souvenir de la chose, il jeta tout le contenu

de la cruche sur sa fille qui, reprenant aussitôt sa forme naturelle, le regarda avec stupéfaction en lui disant :

— Mais que faites-vous donc, mon père, et pourquoi me mouillez vous ainsi?... J'ai ma belle robe pourtant, prenez garde...

Midas, voyant alors que sa fille n'avait pas conscience de ce qui venait d'arriver et voulant cacher sa faute, lui raconta qu'elle s'était trouvée mal et que c'était pour la faire revenir de son évanouissement qu'il l'avait arrosée de la sorte.

— Et maintenant comment te trouves-tu?.. lui demanda-t-il avec tendresse.

— Mais fort bien, mon père... répondit-elle aussitôt fort gentiment.

— Eh bien, alors déjeunons, car je meurs de faim ! s'écria Midas en se mettant joyeusement à table, et il dévora les morceaux avec une rapidité extrême afin de réparer le temps perdu. »

— Oh le joli conte !... le joli conte !... crièrent encore tous les enfants quand ils virent que maître Pierre avait achevé son histoire.

— Oui, mais il faut en tirer la moralité, dit la tante Dorothée en regardant autour d'elle et faisant un petit signe du doigt à Lucien pour lui marquer que ce qu'elle allait dire était à son adresse; — d'abord il vous prouve que ce sont toujours les sots qui veulent juger tout le monde à tort et à travers.

Le pauvre Lucien, qui comprit de reste l'application, baissa les yeux en devenant plus rouge qu'une pivoine.

— Et aussi, continua la tante Dorothée, mais cette fois en faisant le même signe à Suzanne qu'elle avait fait à Lucien, que l'avarice est le vice des âmes basses et qu'il détruit tout, non-seulement en nous, mais même autour de nous, comme faisait l'or maudit du roi Midas.

— Et maintenant me direz-vous qui était Trinque-Fort? demanda maître Pierre qui s'aperçut que toutes les petites figures se rembrunissaient et devenaient songeuses. Allons, Lucien, à toi de parler.

Lucied releva la tête et, reprenant courage, il répondit aussitôt :

— Mon bon ami, c'était Bacchus, le dieu du vin.

— Et Pan du chalumeau, c'est Pan le dieu des jardins, n'est-ce pas? demanda Germaine toute orgueilleuse de montrer qu'elle aussi était savante.

— De même qu'Apollon est le dieu de la musique, répliqua prétentieusement *monsieur* Émile, l'aîné de la bande.

— Ça n'est pas difficile de le trouver, puisque mon bon ami nous l'a dit, reprit aigrement Suzanne.

Alors, comme il vit que la querelle allait s'envenimer, maître Pierre engagea les enfants à rentrer, leur promettant pour le jeudi suivant un autre conte, promesse qu'il exécuta de la sorte :

LA BOITE INFERNALE

LA BOITE INFERNALE

Dans un royaume inconnu vivait un prince tout-puissant, car il était aimé de tous ses sujets. La reine, sa compagne, partageait cet amour et le méritait comme lui, puisqu'elle était douce, bienveillante et bonne; aussi ces augustes époux eussent-ils été parfaitement heureux, si le ciel, dans sa clémence, leur eût accordé un fils comme héritier. Mais, hélas! ils n'avaient que trois filles, dont la dernière, il est vrai, dès l'âge le plus tendre unissait déjà à tous les trésors de la beauté tous les charmes de l'esprit et du cœur, on la nommait Psyché.

Mais, quant aux deux aînées, elles étaient fort ordinaires, et voici, comme preuve, quelques vers faits sur elles, en ce temps-là, par un pauvre poëte assez mal en cour.

Fières par habitude, et coquettes par goût,
D'esprit très-ordinaire, et d'humeur très-jalouse,
Ce sont de ces beautés qu'on rencontre partout,
    Qu'on n'aime point, mais qu'on épouse.
    On vante en tous lieux leurs trésors,
    Non ces trésors dont la nature
    Orne l'esprit, pare le corps,
    Et de vertus enrichit la ceinture;
    Mais les trésors de ce métal
    Auquel on donne sur la terre
    Une valeur imaginaire;
Qui pour un peu de bien y fait beaucoup de mal.
Cependant, en formant à peu près un total
    De leur âge, de leur naissance,
    Item de leur dot, tout compris,
    Ces deux sœurs sont, pour des maris,
    Des unions de convenance.

Aussi convinrent-elles à deux princes voisins, qui, pressés par leurs créanciers, furent trop heureux de trouver d'aussi riches dots pour s'arrêter à désirer plus de charmes et surtout plus de qualités chez leurs femmes.

Psyché resta donc seule avec ses parents qui l'adoraient, et, comme sa beauté croissait avec son âge, les sujets du royaume de son père, qui eux aussi l'aimaient de tout leur cœur, commencèrent à dire qu'elle était aussi belle que Vénus.

Or il faut que vous sachiez que Vénus était une grande magicienne qu'on appelait la déesse de la beauté, et dont la puissance était sans bornes.

Vous savez ce que c'est que l'enthousiasme, mes enfants : rien ne l'arrête ! C'est ce qui arriva au sujet de la jeune princesse ; car, après l'avoir, ainsi que je vous l'ai dit plus haut, comparée à Vénus, on finit par déclarer qu'elle était bien plus belle encore que cette déesse, et, pour le prouver, on lui éleva un autel et on l'adora comme une divinité.

Quand Vénus apprit cela, car tout se sait dans le monde, elle entra dans une si violente colère, que, si elle n'eût pas été immortelle, elle fût certes morte d'une attaque d'apoplexie ; puis, se sauvant du pays où l'encens lui montait nuit et jour au nez, brûlé par l'adoration de ses fidèles, elle s'en alla courir après son fils, *M. Lowe,* un assez petit mauvais drôle, qui, vêtu comme dame Nature l'avait fait, un carquois sur l'épaule, ne trouvait pas d'autre plaisir que de lancer ses flèches à tort et à travers, afin de faire le plus de mal que cela lui était possible.

Elle le trouva occupé à percer le cœur d'une très-jolie colombe.

— Fi! mon fils, lui dit-elle, est-ce à cela que vous devez passer votre temps, tandis que votre mère pleure et gémit des humiliations qui lui sont faites?

Le petit Lowe lâcha sa colombe blessée, et, re-gardant Vénus avec tendresse :

— Racontez-moi donc vos peines, belle maman, lui dit-il d'une voix émue, et mon cœur, mon bras, mes flèches, je mets tout à vos pieds pour vous servir et vous venger.

En entendant ces mots, la fille de l'Océan (je dois vous dire ici que Vénus, un beau jour, était sortie de l'onde amère, toute grande, toute charmante et toute belle, dans une superbe conque marine, et qu'on ne lui a jamais connu d'autre famille), la fille de l'Océan donc sourit doucement à son fils, et, le prenant par la main, elle s'enleva avec lui dans les airs, et, planant sur l'endroit du jardin royal où se promenait Psyché :

— Regardez, lui dit-elle, cette mortelle dont on ose comparer la beauté à la mienne, puis prenez la plus aiguë de toutes vos flèches et enfoncez-la-lui dans le cœur. Adieu, je vous laisse; on m'attend à Paphos ; vous viendrez m'y retrouver quand cette opération sera faite.

Lowe, resté seul en présence de l'ennemi, s'abaisse doucement, prend dans son carquois la plus pointue de toutes ses flèches, tend son arc et va traverser de part en part le cœur de la pauvre princesse, quand celle-ci se retourne et, surprise de cette apparition inattendue, baisse les yeux avec tant de modestie et de grâce, que, malgré sa dureté habituelle, M. Lowe se sent tout attendri.

— La charmante enfant doit être, je le parie, fort innocente des offenses qui sont faites à ma belle maman, se dit-il, allons, avant d'agir, nous en mieux expliquer avec elle.

Et, sur cette bonne pensée, il s'envola vers Paphos, où il trouva Vénus. Mais, bien loin de se rendre à ses raisons, la déesse entra dans une nouvelle fureur en entendant les excuses que lui donnait son fils pour ne point s'être rendu encore

5.

coupable du crime dont elle l'avait chargé, et à peine eut-il achevé de parler, qu'elle le renvoya aussitôt vers la princesse.

Ceci était maladroit et prouve une fois de plus combien la colère est mauvaise conseillère ; car Lowe quitta sa mère avec humeur, et, sentant tout bas son cœur prendre parti pour la pauvre innocente :

— Pourquoi tuer cette fille ? se disait-il ; parce qu'elle est belle ? Mais ce n'est pas un crime cela, au contraire, surtout si elle est aussi douce et aussi bonne que l'annonce sa charmante figure. Je m'en informerai. Elle est princesse... elle est riche... je suis garçon...

Et, tout en se parlant de la sorte à lui-même, M. Lowe arriva dans le royaume du père de Psyché.

Il consulta les voisines, les amies, et même celles qu'il crut devoir être les ennemies de la belle princesse, c'est-à-dire celles qui pouvaient se regarder comme ses rivales de jeunesse, de charmes et d'esprit ; mais partout les rapports furent unanimes : c'était, lui dit-on, un ange de candeur, de douceur et de bonté ; une personne remplie de talents, d'in-

struction, et malgré cela de simplicité ; en un mot,
une fille accomplie.

Comment résister à des renseignements pareils ?
Aussi le fils de Vénus, après avoir été voir de nouveau la princesse, tandis qu'elle s'occupait à cueillir
des fleurs, moins fraîches qu'elle, pour en tresser
des couronnes, s'abandonna-t-il au sentiment qu'il
éprouvait, et conçut-il le projet de devenir son
époux ; mais, pour que cet espoir pût se réaliser, il
comprit qu'avant tout il devait en faire un mystère
à sa belle maman, qui désirait si fort la mort de
la jeune fille, que Psyché serait perdue sur l'heure
si Vénus pouvait seulement se douter du sentiment
affectueux qu'elle inspirait à son fils.

Dans cette cruelle expectative, notre jeune
homme, pensant qu'un bon conseil pouvait lui être
fort utile, prit son vol vers la demeure d'un de ses
amis, ami avec lequel il se brouillait souvent, c'est
vrai, mais avec lequel aussi il se raccommodait
sans cesse, car il sentait que tous deux devaient
être inséparables.

Cet ami était le sage *Harpocrate*, qu'on appelait
aussi le Silencieux, et cela parce qu'il ne parlait

jamais. Pourtant on venait de tous côtés pour le
consulter, les dames surtout, dit-on ; et à chacun
il ne prêchait jamais que par l'exemple. Il voulait
donc dire à tous de l'imiter.

Lowe le trouva dans son cabinet de consultation,
avec sa figure pâle et sévère, assis sous un pêcher
(ce cabinet était un cabinet de verdure, il paraît),
arbre dont les feuilles ressemblent à la langue qui
doit taire les secrets, et, le noyau du fruit, au cœur
qui les renferme. Le Silencieux tenait de sa main
gauche un cachet, tandis qu'il appuyait, de sa main
droite, un de ses doigts sur ses lèvres fermées
regardant d'un air mélancolique un grand autel
posé devant lui et couvert de beaux légumes, dont
la piété des habitants des bords du Nil lui consa-
crait les prémices.

— O mon sage ami ! lui dit le fils de Vénus en
s'inclinant devant lui, vous dont l'image doit être
sacrée pour les juges, les rois et les ministres ; vous
dont l'œil pénétrant lit jusqu'au fond des cœurs,
tandis que le vôtre est inaccessible aux regards du
grand Jupin lui-même, voyez un peu ce qui m'a-
mène près de vous et conseillez-moi.

Alors le jeune dieu, montrant à son ami une de-vise ainsi conçue : « La parole est d'argent, mais le silence est d'or, » et prenant un voile fort épais dont il le couvrit tout entier, lui fit ainsi comprendre qu'il devait rester complétement inconnu à sa jeune épouse, de crainte qu'elle ne divulguât son secret, et cela jusqu'au moment où il pourrait faire con-sentir sa mère à un mariage qui semblait renfermer en lui tous les germes de bonheur.

Lowe le remercia et se décida à suivre ce conseil. Alors il s'habilla en prince, et, la figure couverte d'un masque, il se présenta devant les parents de la belle Psyché, pour leur demander en mariage leur fille bien-aimée.

— Je suis noble, riche, jeune et beau, leur dit-il; mais des affaires de famille me forcent à me cacher la figure jusqu'à ce qu'elles soient ter-minées. La belle Psyché veut-elle m'accepter sans me voir, et me promettre de ne jamais chercher à me regarder sans ma permission. Elle sera plus heureuse qu'une reine ; mais qu'elle réfléchisse bien avant de s'engager, et surtout, si elle con-sent, qu'elle prenne garde de ne pas manquer à sa parole, car sa désobéissance pourrait causer sa mort.

En entendant cette étrange proposition, le papa et la maman de la belle Psyché tombèrent dans un grand embarras et se grattaient l'oreille sans répondre, quand celle-ci, qui avait tout écouté derrière la porte, car nous devons, hélas ! avouer que la curiosité était un péché mignon chez elle, et sans doute la voix du jeune prétendant lui avait paru sympathique, entra tout à coup, et, se plaçant devant son père et sa mère, elle dit résolûment, en mettant sa main dans celle de Lowe, tout en jetant un regard tendrement affectueux aux auteurs de ses jours :

— J'accepte, monsieur !... et, si mes bons parents m'accordent à vous, je vous promets d'être toujours une dévouée et fidèle épouse.

En entendant ces mots qui le comblaient de joie, le fils de Vénus tomba aux genoux de sa jeune fiancée, et, en ayant reçu la permission du père et de la mère, il la prit par le bras, et, s'envolant avec elle, il la conduisit dans le plus beau palais du monde, où il la présenta à tous ses sujets comme sa dame et royale épouse.

Ils étaient très-drôles, tous ces sujets de M. Lowe :
c'étaient des petits amours joufflus, bouclés, frisés;
toujours riant, chantant, folâtrant, puis de gentilles
bergères, des nymphes toutes charmantes, enfin
c'était le royaune et des ris et des jeux, et Psyché
s'y trouvait la plus heureuse femme du monde,
quand elle eut la fatale idée d'appeler ses sœurs
auprès d'elle, et son époux la faiblesse d'y con-
sentir.

— Ma chère Psyché, lui dit-il seulement, mé-
fiez-vous de leurs perfides conseils; je pars aujour-
d'hui pour passer quelques jours auprès de ma
mère, appelez-les près de vous, comblez-les de
présents; mais, si vous m'en croyez, vous ne leur
direz pas qu'il existe un secret entre nous, c'est-à-
dire que vous n'avez jamais vu mon visage.

Psyché le promit, et à peine Lowe lui eut-il fait
ses adieux, qu'elle chargea Zéphire, son grand cham-
bellan, d'aller chercher ses sœurs et de les apporter
dans son palais auprès d'elle.

Zéphire obéit, et quelques instants après les deux
aînées embrassaient leur cadette tout en l'accablant
de questions.

— Comment vous êtes-vous donc mariée ainsi sans nous prévenir? disait l'une.

— Et sans nous inviter à votre noce? ajoutait l'autre.

— Votre mari est-il riche?...

— Est-il noble?...

— Est-il beau?...

— Est-il blond?...

— Est-il brun?...

— Est-il grand ou petit?...

— Est-il jeune? est-il vieux?...

Et la pauvre Psyché, tout embarrassée, les laissa parler sans leur répondre ; puis enfin elle prit son grand courage et leur dit :

— Mon mari est un jeune prince qui passe toutes ses journées à la chasse et qui me charge de vous combler de présents en son honneur, pour vous témoigner le regret qu'il éprouve de ne pas vous voir.

Les deux sœurs, que le mot *présent* chatouillait fort agréablement, n'en demandèrent pas davantage, et, chargées de robes, de pierreries, de dentelles, de bonbons et de dragées, elles retournèrent, emportées de nouveau par Zéphire dans la demeure où il les avait prises ; mais, là, toutes les deux trouvèrent autant de fiel et d'envie dans leur âme que de richesses dans leurs mains.

— Qu'elle est heureuse, cette laidronne !... se disaient-elles dans leur dépit, elle a un palais plus riche à lui seul que tout le royaume de notre père, un jeune prince pour époux, des tonnes remplies d'or, de diamants et de perles ; des armoires pleines de confitures et des meilleurs bonbons du monde ; puis toujours on rit, on chante, on danse autour d'elle. Qu'elle est heureuse !... comment donc pourrait-on faire pour détruire son bonheur ?...

Et, ces peu charitables pensées les ayant empêchées de dormir l'une et l'autre, elles se réunirent le lendemain matin, et, du plus loin qu'elles s'aperçurent, la même exclamation s'échappa de leurs lèvres venimeuses :

— Vengeons-nous !... vengeons-nous !...

Et de quoi voulaient-elles se venger, je vous le demande ?... du bonheur et de la générosité de leur sœur... Oh ! les laides personnes !...

Elles attendirent donc avec impatience que Psyché

les envoyât chercher de nouveau, ce qui ne fut pas long, car la jeune femme, que son bonheur ne savait pas satisfaire complétement, commençait à se tourmenter au fond du cœur du mystère que son mari lui faisait de sa figure; je vous l'ai déjà avoué, notre héroïme était curieuse...

Aussi ses sœurs s'aperçurent-elles bien vite qu'un voile de tristesse couvrait ses traits charmants, et, enchantées au fond de l'âme dans l'espérance d'apprendre quelque chagrin, elles comblèrent si bien la pauvre Psyché de leurs trompeuses caresses, que l'imprudente laissa échapper son secret.

— Mais c'est donc un monstre que votre époux! s'écrièrent les deux méchantes avec ravissement.

— Un monstre!... exclama la malheureuse princesse à qui cette infernale pensée traversa le cœur comme un trait empoisonné.

— Certainement c'est un monstre!... reprirent ses rivales à l'unisson; — et remarquez, enfants, que cette fois elles avaient supprimé le doute. — Comment pourrait-il en être autrement? Est-ce que l'on cache sa figure quand elle ressemble à celle de tout le monde? et c'est non-seulement un monstre, mais encore un monstre affreux !... repoussant... et terrible !...

La malheureuse Psyché tomba à moitié évanouie aux pieds de ses cruelles sœurs en entendant ces paroles qui lui déchiraient l'âme. Alors ces deux créatures perverses, feignant d'en avoir pitié, lui prirent les mains d'un air tendre en lui disant chacune à l'envi :

— Prenez bien garde, ma pauvre sœur, puisqu'il se cache, c'est non-seulement parce qu'il est laid, mais encore parce qu'il a des desseins coupables.

— Coupables !... hélas ! lesquels ?... murmura la malheureuse princesse.

— Au premier jour, il doit sans doute vous dévorer...

— Me dévorer !... interrompit en frissonnant Psyché ; mais il est si jeune, si délicat, il sort à peine de l'enfance.

— Le crime est toujours fort auprès de l'innocence, répliqua sentencieusement l'aînée de ces deux harpies.

— Mais comment faire alors, ô Jupin ! pour me

sauver de ce danger?... fit la jeune femme en con-
sultant ses ennemies avec larmes et angoisses.

C'était là que l'attendaient les deux perverses
créatures.

— Votre mari n'ôte-t-il donc jamais son masque?... lui demandèrent-elles avec curiosité.

— Si, répondit innocemment la pauvre Psyché,
il l'ôte la nuit, quand toutes les lumières sont
éteintes et qu'il se dispose à dormir.

— Voici alors, poursuivirent-elles ensemble, le
moyen de vous sauver; cachez-vous cette nuit auprès
du lit de votre affreux époux avec une lampe couverte par un voile épais et un sabre bien affilé; puis,
quand vous entendrez à sa respiration qu'il dort,
vous découvrirez votre lampe, vous vous approcherez vers lui tout doucement, et zest!... vous lui
couperez la tête avec l'arme que vous aurez à la
main.

En achevant ces mots, les deux vilaines jalouses couvrirent leur sœur de tendres baisers en
se frottant les mains avec joie, et elles suivirent
avec empressement Zéphire quand il leur offrit de
les reporter chez elle.

La pauvre Psyché, seule chargée du poids de la conjuration, attendit donc la nuit avec impatience; seulement, elle ne comptait obéir que sur un point aux pernicieux conseils de ses sœurs, à celui de voir son époux, car, de lui faire du mal, elle en était incapable.

— Je le regarderai!... et si c'est un monstre, comme mes sœurs me l'affirment, je me sauverai, se disait-elle; mais, s'il n'est que laid, eh bien, je lui pardonnerai sa laideur, il est si bon pour moi!...

Ce fut dans ces pensées peu joyeuses qu'au retour de la chasse M. Lowe trouva sa jeune épouse plongée; aussi le souper fut-il très-triste et chacun se retira de bonne heure sous prétexte de prendre du repos dans son lit.

Quant à Psyché, elle ne se coucha pas, comme bien vous le pensez; et, quand elle supposa que son mari devait être livré au sommeil, elle entr'ouvrit tout doucement la porte de sa chambre, marcha à pas de loups vers le lit, découvrit tout à coup la lampe et regarda; mais jugez de sa joie quand au lieu de la tête d'un monstre elle aperçoit le plus joli

visage, blanc, frais, vermeil, les cheveux bouclés,
enfin un véritable amour...

Dans sa surprise, elle se penche pour le mieux
voir encore, quand une goutte d'huile bouillante
s'échappe de sa lampe et tombe sur son époux qu'elle
réveille en sursaut; alors il se lève furieux, et, malgré
tous les efforts de Psyché pour le retenir, il s'envole en lui jetant pour adieu ces cruelles paroles :

— Ingrate princesse, ma mère m'avait ordonné
de vous donner un monstre pour époux, et je me
suis donné moi-même, en ne vous demandant pour
prix de ma tendresse que de me laisser vous cacher
mes traits jusqu'au jour où Vénus, attendrie, voudrait bien vous reconnaître pour sa fille. Vous m'a-
vez désobéi; aussi, pour prix de votre trahison, je
vous abandonne à jamais, car je n'ai pas le courage
de vous ôter la vie, ainsi que je devrais le faire pour
mieux vous punir encore...

La pauvre princesse resta longtemps plongée
dans un profond accablement après la fuite de ce
jeune et bel époux qu'elle n'avait connu que pour le
perdre, puis elle ouvrit à la lumière ses yeux baignés
de pleurs; mais la lumière lui est devenue odieuse

et la vie insupportable. Alors, l'œil égaré, les cheveux épars, elle s'élance vers un fleuve voisin, et,
après avoir demandé au grand Jupin pardon
de sa faute, elle s'y précipite la tête la première;
mais ce fleuve, qui était un des sujets du prince son
époux, la reçoit avec le plus profond respect, et,
après lui avoir donné des naïades pour la servir, la
reconduit galamment sur ses bords.

Alors la malheureuse princesse, voyant qu'elle ne
peut mourir et sentant pourtant qu'elle ne saurait
vivre avec le courroux de son époux, s'abandonne
à son sort infortuné et marche au hasard en suivant
le premier chemin qui s'offre à elle. Après avoir
cheminé ainsi durant trois jours avec la plus grande
peine, elle arriva enfin dans une ville, et, s'étant
informé du nom de cette ville, elle apprit avec surprise que c'était la capitale où régnait sa sœur aînée.
Psyché se fit conduire au palais, et, voulant se venger à son tour en brouillant les deux méchantes
femmes qui étaient causes de son malheur, elle dit
à celle-ci, après les plus affectueuses caresses reçues
et échangées, qu'elle avait vu son époux, qu'il était
jeune et beau; mais qu'il venait de l'abandonner

pour aller près de sa sœur cadette afin de rompre le mauvais mariage que celle-ci avait fait et de l'épouser à la place du prince son époux.

Vous comprenez à cette nouvelle la rage qui saisit le cœur de cette vilaine créature, car elle voulait bien ruiner Psyché, mais non enrichir sa cadette aux dépens de sa victime...

Puis, après avoir quitté sa sœur aînée, notre héroïne se rendit dans le pays où régnait la cadette, et lui raconta absolument le même mensonge qu'elle avait fait à l'autre, c'est-à-dire qu'elle pleura l'abandon de son époux qui voulait épouser son aînée.

Mais je dois vous dire, avant de continuer mon récit, comment ces deux princesses se rendaient auprès de Psyché quand celle-ci régnait encore sur le cœur de son jeune et bel époux, c'est-à-dire quand elle habitait son royaume.

Elles montaient sur une roche qui sépare leurs deux principautés, et là, appelant Zéphire, que leur jeune sœur avait mis à leurs ordres, elles s'abandonnaient à son souffle léger, et arrivaient ainsi plus vite que par la vapeur dans les jardins du palais de M. Lowe.

Or donc, ce même jour-là, furieuses toutes les deux de ce qu'elles venaient d'apprendre, elles se rendirent, mais cette fois séparément, sur la roche enchantée, puis, ayant appelé Zéphire, et croyant le sentir près d'elles, elles s'abandonnèrent imprudemment, et, roulant d'abîme en abîme, elles tombèrent enfin dans les jardins déserts d'où leur pauvre sœur était exilée par leur faute, et en touchant le sol elles furent aussitôt changées en monstres de bronze, laissant échapper des torrents d'eau de leurs bouches méchantes.

Pendant ce temps, une jeune fille très-remuante et surtout très-bavarde, que l'on appelle mademoiselle la Renommée, ayant entendu raconter par hasard la triste histoire du prince Lowe et de la curieuse princesse sa femme, n'eut rien de plus pressé que d'aller tout répéter à Vénus...

— Mon fils marié avec mon ennemie ! s'écria celle-ci en laissant échapper des pleurs de rage de ses beaux yeux. Puis, doutant encore de ce qui lui était rapporté, elle ajouta avec un dédaigneux sourire : — Mais je vous connais, ma mie, vous n'êtes qu'une colporteuse de propos, et qui dit propos dit

6

souvent mensonges; allez donc amuser d'autres que
moi de vos fadaises, je connais mon fils... Je suis
tranquille...

Et comme preuve de sa tranquillité, la fille de
l'Océan déchirait ses dentelles avec rage, tandis que
la Renommée, rouge de dépit, se prit à dire d'un
air narquois :

— Tout comme il vous plaira, madame, votre
fils est marié,... bien marié, et bientôt vous serez
grand'mère.

Puis, en lançant ce dernier trait à la façon des
Parthes, la bavarde s'envola pour aller raconter
ailleurs d'autres histoires vraies ou fausses, ainsi
que cela lui plaisait, car jadis comme aujourd'hui
le bavardage était toujours accompagné du mensonge.

Sous la cruelle méchanceté que lui avait jetée la
Renommée en la quittant, Vénus resta d'abord frap-
pée comme si elle eût été changée en une statue
de marbre; mais aussitôt, retrouvant toute son énergie, elle commanda son carrosse, qui était une jolie
conque marine traînée par deux blanches colombes, puis, y grimpant lestement, elle fit aussitôt

prendre le chemin de l'Olympe à son charmant attelage.

L'Olympe, je vous l'ai déjà dit, était la capitale du royaume de maître Jupin, le commandant en chef de tout ce qui régnait dans le monde, et là elle apprit que le coupable Lowe, son fils, s'y trouvait, mais malade et alité d'une maladie qu'on ne savait pas lui dire.

Cette maladie n'était autre que sa brûlure qui s'était envenimée, et son chagrin d'avoir dû ainsi abandonner une femme qu'il aimait, pour la punir de sa désobéissance, d'une part, et pour la soustraire de l'autre au courroux de sa mère, qu'il espérait conjurer ainsi. Il fut donc très-surpris, quand il vit tomber comme une bombe fulminante, auprès de son lit de douleur, celle même qu'il croyait encore si ignorante de toute sa triste histoire.

— Qu'avez-vous donc, mon fils? lui demanda-t-elle en lui jetant un regard sévère.

— Rien, ou presque rien, belle maman, répondit-il en essayant d'accompagner ces paroles d'un gracieux sourire; mais le sourire expira sur ses lèvres brûlantes.

— Rien ou presque rien peut toujours être dangereux quand on ne se soigne pas, fit-elle en joignant l'air de dédain à son regard sévère; aussi
je vous amène, continua-t-elle, une honnête personne qui va vous guérir en peu de temps.

En entendant ces mots, Lowe, ayant levé les yeux
pour voir qui accompagnait sa mère, aperçut une
figure pâle et glacée sur un corps maigre et long,
et, se détournant avec horreur :

— Qui est donc cette garde-malade que vous
me présentez, madame ? demanda-t-il avec humeur
à Vénus.

— C'est une demoiselle de fort bonne maison,
mon fils, répliqua aussitôt celle-ci, elle est sœur
cadette de la Médecine, et fait grandement, et dit-on
très-heureusement, concurrence à son aînée ; on la
nomme la Diète. Mais adieu, je vous laisse avec
elle, et, si vous l'écoutez de tous points, votre gué-
son est infaillible.

Après avoir parlé ainsi, Vénus quitta son fils pour
aller prendre conseil d'une de ses amies sur ce
qu'elle devait faire, puis elle lança ses émissaires sur
la terre à la recherche de la pauvre Psyché, qui, fort

heureusement, fut avertie de se tenir sur ses gardes
par le gentil Zéphire, lequel, folâtrant un peu partout, avait découvert la conspiration de ces dames,
à peine avait-elle été formée.

La jeune princesse abandonnée errait donc avec
crainte malgré sa douleur, et cherchait dans tout
l'univers l'époux envers qui elle était si coupable.
Un jour, durant ce pénible voyage, et comme elle
se trouvait harassée de fatigue, elle aperçoit au
sommet d'une montagne qu'elle devait gravir un
très-beau temple dédié à Cérès, elle s'en approche,
et, craintive et tremblante, franchit la porte en disant :

— Pitié pour une infortunée, madame, et souf-
frez que, pour échapper aux poursuites méchantes
de Vénus, je me cache sous les beaux épis de blé
qui couvrent votre autel, je ne ferai de mal à personne, et vous me rendrez un grand service.

Alors la statue de la déesse secoua la tête, et
laissa échapper ces mots de ses lèvres dorées :

> Je voudrais vous soustraire aux fureurs de Cyprine
>   Et vous cacher à ses regards ;
> Elle a tort, j'en conviens, mais elle est ma cousine,
>   Et les cousins se doivent des égards.

6

(Il paraît que les statues parlent toujours en vers;
quand elles parlent, bien entendu.)

Congédiée de la sorte, la triste voyageuse quitta
le temple de Cérès et reprit son chemin en soupirant; puis, ayant retrouvé des forces après s'être
reposée pendant un assez long temps sur l'herbe,
elle marcha si loin, si loin, qu'elle arriva enfin
devant un autre temple tout d'or et de pierreries,
sur la porte duquel était écrit : *Temple consacré à
Junon.*

— Madame Junon est l'épouse légitime de maître
Jupin, se dit-elle; elle ne peut donc pas être encore
une cousine de ma persécutrice; puis c'est une
très-grande dame, et, comme on m'a appris, quand
j'étais petite fille, que noblesse oblige, elle m'obli-
gera sans doute ; d'ailleurs, qu'est-ce que je lui
demande? de me laisser coucher dans une de ses
maisons, habitée seulement par une de ses statues;
ce n'est pas, il me semble, une bien grosse affaire!

Et, tout en se parlant de la sorte, Psyché entra
dans le temple; puis, ayant fait une grande révérence à la représentante de Junon, elle lui adressa
gentiment sa requête.

Celle-ci écouta, en secouant avec approbation la tête, les plaintes que la jeune princesse laissait échapper de son cœur contre Vénus, puis elle lui répondit ainsi :

C'est bien le cœur le plus vindicatif !
C'est le fléau de toute ma famille !
Mais enfin, c'est ma belle-fille ;
Il faut que je me plie à cet esprit rétif.
La loi blâme d'ailleurs quiconque favorise
Aucun esclave fugitif ;
Ainsi, ma pauvre enfant, que Jupin vous conduise !

Et après ce refus poli, la malheureuse Psyché fut repoussée du temple, dont les portes se refermèrent avec grand bruit derrière elle. Elle était tombée, comme on dit, de Charybde en Scylla.

Alors, pensant que, non-seulement toutes les dames de l'Olympe, mais encore toutes les puissances de la terre devant être alliées à sa persécutrice, elle se verrait repoussée de toutes parts, sous prétexte qu'on était nièces, belles-sœurs, tantes ou cousines de Vénus, l'infortunée se jugea perdue, et, comme elle savait que dans un grand péril c'est souvent une résolution extrême qui vous sauve, elle prit celle d'aller se livrer elle-même à la mère indignée de son époux.

— Peut-être la confiance que je mets en sa générosité la désarmera-t-elle et obtiendrai-je mon pardon, se disait-elle tout bas au fond du cœur pour se donner du courage en prenant le chemin de Paphos, où s'était retirée la fille de l'Océan pour digérer sa colère à son aise.

Mais, pendant que la pauvre Psyché cheminait à petites journées vers elle, voici ce qui s'était passé du côté de Vénus.

La mère de Lowe, ennuyée de chercher inutilement sa rivale, était allée trouver le seigneur Mercure, dit Vol-au-Vent, et lui avait parlé de la sorte :

— Mon frère, j'ai gravé sur ces tablettes le signalement d'une esclave fugitive et la récompense que je promets à celui qui me la ramènera morte ou vive. Allez, je vous prie ; parcourez toute la terre et publiez-y cet écrit :

« A tous ceux qui entendront la présente, salut ; Vénus, déesse de Cythère, fait savoir que depuis quelque temps certaine esclave assez gentille, que l'on nomme Psyché, a pris la fuite. Voici son signalement : cheveux blonds de couleur fade, grands yeux sans expression, nez droit et un peu pointu, bouche petite, mais sans grâce ; teint d'un blanc jaune, coloré d'un rose fané, âgée de quinze ans; petite, maigrelette et chétive. — S'il arrive, par hasard, qu'un mortel la trouve en son chemin et ramène à Paphos la jeune fugitive, Vénus, en la recevant de sa main, non-seulement lui promet sept baisers pour récompense, mais encore elle jure par le Styx de lui accorder autant d'années de jeunesse que de baisers, années qui viendront en plus de celles qui lui sont déjà accordées par le destin. »

Vous comprenez qu'en entendant faire une promesse si avantageuse, tous les mortels se mirent en quête à travers les grands chemins, surtout les femmes ayant atteint trente ans et les hommes qui avaient dépassé la quarantaine, et Jupin seul sait combien, trompés par le signalement peu flatteur qui avait été donné de Psyché, de nombreuses arrestations furent faites. On arrêtait sur la grande route, aux portes de la ville, dans les rues; en un mot, toute jeune fille à peu près bien était happée comme suspecte.

Mais, tandis que les humains cherchaient notre

héroïne sur la terre, elle était aux pieds de Vénus
et s'abandonnait à sa générosité... Pauvre innocente !... elle ne savait pas que l'amour-propre of-
fensé ne pardonne jamais, quand le cœur n'est pas
grand, noble et généreux ; et que la fille de l'Océan,
déesse de la beauté, si elle avait tous les charmes
de la coquette, en avait tous les défauts méchants ; aussi, oubliant que le pardon était la seule
vengeance digne des dieux, Vénus fit charger de
fers la femme de son fils, et ordonna à ses nymphes
de la frapper de verges.

Psyché, tout en larmes, la conjurait d'avoir pitié
de sa douleur et de son repentir ; mais, bien loin de
s'attendrir, la vindicative déesse, trouvant que ses
nymphes étaient trop lentes à lui obéir, se jette elle-
même sur sa belle-fille, la frappe au visage, lui dé-
chire ses habits ; et sans doute l'eût mise en pièce,
si, à ce moment, un de ses pages ne fût venu lui annoncer que le pauvre Lowe, exténué par mademoiselle la Diète, venait de tomber dans une faiblesse
si grande, que tout le monde était dans une vive inquiétude autour de lui.

En apprenant cette triste nouvelle, Vénus fait

doubler les chaînes de celle qu'elle regarde comme
l'auteur de ses maux, puis s'envole vers l'Olympe,
prend son fils dans ses bras, le ranime sur son
cœur, passe la nuit auprès de lui; et, quand le jour,
toute pâlie et fatiguée par l'insouciance et le chagrin, elle retourne à Paphos, elle ordonne qu'on ôte
les chaînes de Psyché et qu'on la conduise sur-le-
champ en sa présence.

— Je veux bien vous pardonner, lui dit-elle, mais
c'est à une condition et cette condition la voici :
vous allez vous rendre de ce pas dans le royaume
des mines, là, vous direz à Grenadine, ma cousine
issue de germaine : — Madame Vénus vous demande de me remettre pour elle une boîte de
beauté, afin qu'elle répare celle qu'elle a perdue
pendant la maladie de son fils ; et vous m'appor-
terez sa réponse.

En entendant ces paroles, la pauvre Psyché se
sentit mourir, car elle apprenait ainsi que le prince
Lowe, son cher époux, était malade, et elle ne pouvait pas courir auprès de lui pour le soigner et
obtenir ainsi le pardon de sa vilaine désobéissance ;
mais la peur que lui faisait Vénus lui donna la

force de cacher sa douleur; aussi, ayant fait une
profonde révérence à sa persécutrice, elle s'éloigna
pour remplir la commission qui lui était donnée,
sans penser que cette commission cachait un piége
affreux, sans doute.

Voici donc de nouveau notre héroïne sur le grand
chemin pour y recommencer un très-long voyage;
mais, comme elle ignorait la route qu'elle devait
prendre, elle hésitait avec inquiétude, quand tout à
coup une heureuse idée se présenta à elle.

—Gentil Zéphire, dit-elle en entendant les arbres
qui s'agitaient doucement, ne vous souvenez-vous
donc plus de moi?... pourtant j'étais une bonne
reine pour vous, il me semble!... Hélas! j'aurais si
grand besoin de votre secours; Vénus m'envoie dans
le royaume des mines, et j'ai peur, non-seulement
de me fatiguer, mais surtout de me perdre en route.
O gentil Zéphire, que vous seriez bon, si vous m'aidiez un peu à obéir aux ordres de la mère de votre
roi!...

Elle parlait encore quand elle se sentit enlever
doucement par un vent léger, qui la porta, avec les
plus grandes précautions, jusqu'aux bords de l'A-

chéron, fleuve qui séparait le royaume des Mines de la terre.

Là elle vit un grand nombre de gens, habillés d'un seul drap blanc qui les couvraient des pieds à la tête et qui se pressaient pour monter dans une petite barque conduite par un vieux nautonier, à qui une longue barbe blanche et les cheveux argentés donnaient un air fort respectable; il s'appelait Caron, et moyennant une modique pièce de monnaie il passait les voyageurs d'un bord du fleuve à l'autre bord.

— Hélas! se dit Psyché, comment vais-je faire, je n'ai pas d'argent?...

Et, en parlant ainsi, elle regardait le vieux Caron d'une façon si touchante, que le vieillard se sentit attendri malgré sa dureté habituelle.

— Que voulez-vous, la belle enfant? lui demanda-t-il avec une brusquerie qui n'était pas dépourvue entièrement de bonté.

— Je voudrais passer de l'autre côté, mon bon monsieur: et, hélas! je n'ai pas d'argent, répondit notre héroïne en rougissant de la honte de devoir avouer ainsi sa pauvreté.

7

— Je vous passerai tout de même, ma petite, fit le vieillard en lui tendant la main pour la faire entrer dans sa barque; mais dépêchez-vous, ajouta-t-il, et il l'entraîna avec vivacité, car voici une foule d'ombres qui voudraient profiter de l'occasion pour se glisser dans mon bateau sans que je les voie.

Puis, tout en parlant encore, le vieux nocher donna un coup d'aviron bien appliqué, et s'éloigna rapidement du rivage.

A peine arrivée à l'autre bord, Psyché vit s'élancer vers elle un gros vilain chien à trois têtes : c'était Cerbère, le portier du royaume des Mines. Elle se crut perdue, et, jetant un cri de terreur, elle tomba évanouie sur la terre. Mais le pauvre chien, au lieu de la dévorer, lui lécha bien doucement la figure jusqu'à ce qu'elle eût repris connaissance, et quand il eut vu qu'elle ouvrait les yeux, il rentra au plus vite se cacher dans sa niche, tout en tortillant sa queue de plaisir.

— Vous comprendrez, d'après toutes ces choses si peu ordinaires, mes enfants, interrompit maître Pierre, que, tout en étant toujours très-fâché contre sa jeune compagne, le prince Lowe veillait sur elle et attendrissait bien vite les cœurs de ceux qui auraient pu lui nuire s'il les eût laissés agir à leur guise.

Elle arriva donc de la sorte sans encombre devant la reine Grenadine.

— Madame, lui dit-elle en s'inclinant avec un profond respect, la déesse Vénus m'envoie demander pour elle la boîte de beauté à Votre Majesté.

Grenadine regarda Psyché avec surprise; puis, touchée des grâces naïves de la princesse, elle lui fit le plus aimable accueil, et, lui remettant une boîte très-légère, elle lui dit avec un accent rempli d'intérêt :

— Que ma cousine Vénus est heureuse d'avoir une aussi gentille messagère; j'en suis jalouse, et, si ce n'était par égard pour elle, je serais tentée en vérité de te recommander, mon enfant, à mon premier médecin, homme fort habile qui, avec une simple ordonnance, te placerait auprès de moi pour toujours. Mais Vénus m'en voudrait, et il faut se ménager en famille. Adieu donc, porte cette boîte à ma cousine; mais surtout garde-toi bien de l'ou=

vrir : tout ce qui est infernal est dangereux ; d'ailleurs, tu n'en as pas besoin.

Et, accompagnant ces paroles aimables d'une petite tape familière sur la joue, la reine Grenadine
fit comprendre à Psyché que, son audience étant
finie, elle pouvait se retirer, ce qu'elle fit aussitôt.

Son retour sur la terre s'effectua aussi facilement
que son voyage aux enfers s'était fait déjà ; mais ce
ne fut pourtant pas sans un plaisir extrême qu'elle
revit le ciel, la verdure, les arbres et les fleurs ;
aussi se laissa-t-elle aussitôt tomber sur l'herbe
avec ravissement.

Quand elle eut pris du repos, les pensées cu-
rieuses vinrent aiguillonner l'esprit de notre héroïne, car la défense est un stimulant véritable pour
tout caractère désobéissant ; et, je vous l'ai déjà
dit, le défaut qui seul empoisonnait toutes les charmantes qualités de Psyché était la désobéissance.

— En vérité, je voudrais bien savoir quelle figure
peut avoir la beauté que renferme cette boîte? se
disait-elle en tournant et retournant en tous sens le
coffret infernal.

— Garde-toi de l'ouvrir, tu n'en as pas besoin,

m'a dit la reine Grenadine, ce qui est bien honnête
de sa part, ajouta-t-elle en souriant ; mais c'est
égal, je ne suis pas curieuse, pourtant je voudrais
bien voir par un petit coin ce qu'il y a là-dedans ;
ça doit être si joli, la beauté !

Et pendant qu'elle se parlait ainsi elle remuait la
boîte de plus belle. Car, conservant encore un reste de
scrupule, elle n'osait pas l'ouvrir tout simplement.
Voyant pourtant que ce mouvement n'avançait à
rien, elle prit le parti de la laisser tomber à terre
comme par distraction. Mais, bast ! cette maudite
boîte était bien sûr fermée par le diable en personne ; puisque, même en tombant, elle ne s'ouvrit
pas le moindrement.

Alors Psyché, de plus en plus curieuse de connaître ce que le sort se plaisait à lui cacher, se
décida fort imprudemment à aider à la catastrophe
en soulevant machinalement le couvercle de la boîte
avec ses doigts. Mais, ô malheur ! au lieu d'en voir
sortir l'objet charmant qu'elle espérait, il n'en sortit
qu'une noire vapeur infernale, vapeur qui, l'enve-
loppant tout à coup, la plongea dans un sommeil
léthargique tout semblable à la mort.

Heureusement, en ce moment le prince Lowe, alors en convalescence, se promenait pour la première fois en ce lieu; il voit sa chère Psyché, et, touché de son piteux état, il jette un cri, recueille la vapeur mortelle, l'enferme dans la boîte infernale, et, apercevant Zéphire qui voltigeait près de là, il l'appelle et lui dit :

— Va vite chez mon excellent ami l'*Endormi*, autrement dit *Morphée* : demande-lui un doux sommeil pour ma jeune compagne, et reviens aussitôt l'échanger contre celui qui l'oppresse en ce moment; puis, quand tu lui verras rouvrir ses beaux yeux à la lumière, tu lui diras de ma part que je lui pardonne; qu'elle porte sans balancer à ma mère la boîte que celle-ci lui a demandée, et que, pour moi, je me suis rendu auprès du trône de maître Jupin pour obtenir de celui-ci, non-seulement qu'il consente à notre hyménée, mais encore qu'il y fasse consentir la déesse ma mère.

Après avoir parlé de la sorte, Lowe fait un signe affectueux au gentil Zéphire, son messager, jette un tendre regard sur la princesse douloureusement endormie, et, quoique faible encore, prend rapide-

ment son vol vers l'Olympe, afin de gagner le maître des dieux à son parti, ainsi qu'il venait de le dire.

Alors Zéphire, de son côté, se met en route pour
remplir la commission qui lui avait été donnée ; et,
aussi rapidement que la pensée, il arrive auprès
du jeune l'Endormi, qui repose dans une grotte
sombre et tranquille, située au milieu de la ville
des Songes. Les habitants de cette ville en sortent
par deux portes opposées : l'une, faite de corne trans-
parente, est la porte des songes à peu près véridiques ; l'autre, d'un bel ivoire aussi bien travaillé
que s'il arrivait de la Chine, sert de passage aux
songes menteurs, car les habitants de cette ville ne
sont que des rêves.

Ces petits démons fantastiques prennent à leur
gré mille figures, mille costumes différents pour
aller accueillir les étrangers sur le chemin qui les
conduit vers leur bizarre capitale. Les songes à peu
près véridiques font voir aux enfants un bel arbre
de Noël tout couvert de bonbons et de joujoux,
pour les encourager à être bien sages, afin de mé-
riter la récompense qu'une bonne conduite apporte
toujours avec elle ; ou, à ceux qui travaillent, ils

montrent de jolies couronnes ou de beaux livres bien reliés, et fait palpiter ainsi les cœurs de joie et d'espérance.

Mais, hélas ! les songes menteurs sont bien plus nombreux que les premiers ; ils montrent les vacances le lendemain de la rentrée en classe, la liberté aux prisonniers, la santé aux malades, la jeunesse aux vieillards, aux médecins, toutes les maladies du monde ; aux avocats, la discorde partout ; aux yeux des physiciens ils montrent des ballons-omnibus faisant en quelques heures le tour du monde ; aux soldats, le bâton de maréchal de France ; enfin, à chacun ce qui peut flatter le mieux son orgueil ou son désir.

Après avoir ri au nez de tous ces songes, Zéphire entre donc dans la grotte où M. l'Endormi reposait. Là, sur un lit de plume où il s'enfonce mollement, s'y étendant avec tout le laisser-aller de l'indolence, l'ami de Lowe dormait profondément. C'était un beau jeune homme à la figure bouffie, rosée et souriante, aussi frais qu'un bouton de rose, et montrant sur ses traits toute la naïve candeur d'un enfant.

Jamais le soleil n'a pu faire entrer aucun de ses

rayons près de lui, tant sa demeure est profonde et mystérieuse : une lampe d'albâtre contenant une modeste bougie l'éclaire seule de sa lumière douce et douteuse ; des guirlandes de pavots, d'épais tapis, de lourdes portières, ornent cette grotte et la préservent de tous bruits ; et tout autour du lit de Morphée, absolument comme dans le château de la belle princesse qui était condamnée à dormir pendant cent ans, Zéphire voit tous les courtisans de ce dieu plongés aussi dans un profond sommeil.

Le gentil messager regarde en souriant cette cour somnolente, puis il s'avance légèrement vers le lit du jeune roi, soulève l'épais rideau de son lit d'ébène, découvre le bel endormi, et, par un léger battement d'ailes, l'éveille doucement et lui dit :

— Mon maître m'envoie près de vous, seigneur, pour réclamer vos bons offices ; la jeune princesse Psyché, son épouse, vient d'être plongée par Vénus dans un sommeil infernal qui doit, s'il dure, la conduire à la mort. Il désire que vous le changiez sur l'heure contre un autre sommeil doux et léger, et il vous promet une reconnaissance éternelle si vous voulez bien lui rendre ce service important.

7.

Sans répondre, l'Endormi bâille, s'étire, se lève, étend ses ailes sombres qui embrassent à la fois la moitié de l'univers, et, guidé par Zéphire, il arrive aussitôt à l'endroit où la victime de Vénus est en train de lutter contre la mort.

Le dieu la regarde, plane sur elle, la couvre de pavots blancs qu'il avait pris entre ses mains, et revole en silence vers son antre paisible.

Alors Zéphire voltige doucement pour la réveiller, et sourit de plaisir en voyant les roses de la vie revenir sur sa charmante figure ; puis, quand elle ouvre ses beaux yeux à la lumière, il lui répète les paroles de paix du prince son époux, et, la soulevant doucement, il l'emporte sur le rocher couvert de myrtes et d'orangers qui forme la frontière du royaume de Vénus.

En ce moment, la déesse était en train de chercher querelle à toutes ses femmes de chambre, elle venait même de casser trois miroirs qui avaient eu l'ingénuité de lui dire qu'elle était moins belle, et sans doute un quatrième allait avoir le même sort, quand Psyché se présenta. Aussi, sans lui rien dire, la déesse lui arracha des mains la boîte de beauté, et alla se renfermer seule, avec sa proie, dans son cabinet le plus retiré.

Mais tandis que la déesse réparait ses charmes et que Psyché attendait son sort, le prince Lowe, faible et tremblant, arrivait au palais céleste, et, se jetant aux pieds du grand Jupin :

— O mon père ! s'écriait-il, accordez-moi la permission de reconnaître la jeune Psyché pour mon épouse, ou laissez-moi mourir ! car sans elle l'immortalité me serait insupportable.

Le grand juge, qui heureusement en ce moment était de bonne humeur, relève son petit-fils avec une feinte sévérité, et, lui montrant le doigt :

— Vous êtes un petit drôle ! monsieur Lowe, lui dit-il ; je connais votre conduite, et...

— O cher bon papa ! ne vous fâchez pas, interrompit avec câlinerie le jeune homme qui vit bien que sa cause était gagnée ; si vous saviez comme ma Psyché est gentille !... Ce sera une fille de plus pour vous !...

— Oui !... Mais que dira maman Vénus ?... fit le bonhomme attendri en se grattant la tête avec embarras.

— Ah ! voilà la difficulté... répondit Lowe sur le même ton.

Mais, je vous l'ai dit, maître Jupin était de bonne humeur.

— Attends... attends... fit-il, je vais assembler le conseil des dieux ; je leur dirai de voter à l'unanimité que ta femme soit reçue au nombre des immortelles, et Vénus alors sera bien forcée à la recevoir de ma main.

Aussitôt dit, aussitôt fait !

Vol-au-Vent, sur les ordres qu'il reçut, parcourut le monde en une minute, et la minute d'après tous les dieux étaient rassemblés, y compris la fille de l'Océan et sa belle-fille, la coupable, à laquelle d'abord maître Jupin montra combien la désobéissance était un vilain défaut ; puis la présentant aux dieux avec une courtoisie aimable :

— Je demande l'immortalité pour la femme de mon petit-fils, leur dit-il ; mais, vous le savez, les votes sont libres, vous pouvez donc me refuser. Seulement, ajouta-t-il en fronçant son sourcil et faisant trembler la terre, je ne pardonne pas à qui me blesse, et je ne connais rien d'aussi blessant qu'un refus... Votez donc en toute liberté, mes chers amis...

Vous comprendrez facilement quel fut le résultat de cette liberté des dieux et comment Psyché fut admise, à l'unanimité, au nombre des immortelles. Vénus fit bien un peu la grimace, quand vint son tour de voter, car dans l'Olympe les dames jouissaient du même privilége que les messieurs ; mais, voyant que maître Jupin la regardait d'une certaine façon assez menaçante; elle mit un bon billet dans l'urne, embrassa Psyché en l'appelant sa fille, et se sauva au plus vite pour aller cacher sa rage à Paphos.

— O bon ami! que voilà un joli conte! exclamèrent tous ensemble les enfants en battant joyeusement leurs petites mains l'une contre l'autre en signe de joie, et en laissant lire le plaisir qu'ils venaient d'éprouver dans leurs yeux brillants et sur leurs lèvres souriantes.

— Et qu'en conclurez-vous?... demanda la tante Dorothée en rajustant ses lunettes.

— D'abord que *Lowe* en anglais veut dire Amour

en français, fit d'un air très-pédant la blonde Germaine, qui montrait toujours de grandes prétentions sur la langue anglaise.

— Fi!... Germaine, fi!... interrompit la tante Dorothée en levant les épaules avec dédain ; il n'y a que les sots qui s'attachent aux mots dans un récit, tandis que c'est la morale et l'esprit qu'on doit y chercher ; et quelle morale y voyez-vous, je vous prie?...

Germaine, toute honteuse, s'éloigna pour bouder, sans que la bonne tante parût y prendre garde ; car elle continua ainsi :

— La morale que vous devez y trouver, mes enfants, c'est que la désobéissance est un très-vilain défaut, qui toujours conduit au mal celui qui s'y livre. Ainsi voyez Psyché : elle était jeune, belle, princesse et riche ; la vie eût donc dû être pour elle semée seulement de fleurs et de plaisirs ; mais elle fut désobéissante et tous les malheurs vinrent pleuvoir sur elle ; malheurs si grands, qu'elle y eût succombé sans le secours du maître des dieux, dont parle le conte. Et prenez-y garde, enfants!... le Dieu véritable, le bon Dieu, ne protégera jamais

celui qui se sera rendu coupable d'une désobéissance !... Mais partons bien vite, ajouta-t-elle en se
levant, car voici quelques gouttes d'eau qui tom-
bent. A la semaine prochaine un nouveau conte.

Et la semaine suivante, maître Pierre racontait
encore celui-ci.

ORGUEILLEUX ET ORGUEILLEUSES

ORGUEILLEUX

ET ORGUEILLEUSES

———

Par une délicieuse journée du mois de juillet, les pasteurs du mont Hymette, qui venaient récolter le miel de leurs ruches, trouvèrent, couché au milieu des fleurs, un bel enfant endormi ; faible, sans secours et sans défense, il souriait dans un rêve en présence de la mort ; car un énorme serpent, dressé sur ses derniers anneaux, dardait déjà sa langue venimeuse contre lui.

Tuer le monstre fut pour eux l'affaire d'un instant, et ce bruit réveilla le bel enfant qui les regardait en leur tendant les bras.

On répondit à cette innocente avance en le couvrant de baisers, on lui donna à manger du miel, à boire du lait ; puis, voyant qu'il était seul et paraissait abandonné, les bons pasteurs l'emmenèrent avec eux et l'adoptèrent.

. Le plus vénérable de ces pasteurs, qui s'y était attaché d'une amitié tendre, le félicitait souvent sur l'heureuse destinée qui, loin des tourments de la fortune et de la grandeur, avait confié son enfance à l'asile champêtre, séjour d'innocence et de paix, et cela malgré sa haute naissance ; ce qu'ils avaient su promptement.

Car quelques jours après que ces gens simples et vertueux avaient emporté avec eux le joli enfant trouvé sur le mont Hymette, un beau jeune homme, le front ceint d'une couronne d'or, était venu auprès d'eux pour leur apprendre qu'il était le père de leur gentil adopté et qu'il se nommait Apollon, dieu de la musique.

— Je désirais, leur dit-il, que mon petit Phaéton,

c'était le nom de l'enfant, reçût une éducation modeste et qu'il vecût à la campagne pour se fortifier;
c'est pourquoi je l'ai fait placer sur votre chemin,
sachant bien ce qu'il en résulterait. Apprenez-lui
donc surtout la modestie, je vous prie, car sa mère
est fille de roi et de plus fort ambitieuse, et c'est
aussi pour le soustraire à son influence que je vous
l'ai confié ; ayez-en aussi grand soin et vous serez
récompensés au delà de vos désirs.

Vous le comprenez, enfants, cette dernière re-
commandation était inutile à ces braves gens, et le
petit Phaéton grandissait au milieu d'eux aimé et
gâté par tous, excepté pourtant sur ce dernier point,
par le sage doyen des pasteurs qui souvent le prenait sur ses genoux et le pressant dans ses bras tremblants, lui disait :

— Mon fils, vous entrez dans la vie par un chemin semé de fleurs; vos yeux n'ont jamais versé de
larmes, vous ignorez la douleur, personne ne porte
envie à vos innocentes joies. Prenez donc dès aujourd'hui et gardez toujours la confiance que le
bonheur consiste dans la simplicité des désirs, et
que l'ambition n'est que le ver rongeur de la vie...

Mais, hélas! ces paroles tombaient dans une âme malade. Le cœur de Phaéton portait en lui le germe de l'orgueil, la plus terrible des passions, et le bel enfant, gâté par ses autres amis, ne se sentait pas la force de corriger en lui ce penchant dangereux.

Il régnait bien sur les prés, sur les fleurs des campagnes, sur les moissons, sur les troupeaux; mais il savait qu'il y avait une autre puissance, et souvent il se sentait malheureux dans sa rustique simplicité; aussi, chaque fois qu'Apollon venait le voir, il le suppliait en grâce de l'emmener avec lui, et oubliant les bienfaits dont les pasteurs l'avaient comblé, car l'ingratitude est une des conséquences naturelles de l'orgueil, il rougissait presque et se regardait comme humilié de devoir vivre parmi eux.

Apollon résistait à cette prière; mais c'était toujours le cœur douloureusement oppressé qu'il quittait ce fils sur lequel il avait placé tant d'espérances.

Un jour que plus tristement préoccupé que de coutume, le dieu de la musique venait de descendre le mont Hymette, il s'égara en retournant chez lui, et marcha tant et tant qu'il tomba enfin harassé de fatigue au bord d'une fontaine; là il se plongeait de plus belle dans ses sombres pensées, quand il en fut tout à coup tiré par une mélodie enchanteresse qui venait du haut de la montagne.

Il dresse l'oreille, écoute, se lève, et, comme un coursier qui sent le frein, oubliant sa fatigue, s'élance, par un sentier bordé de myrtes et de lauriers roses, à la recherche des divins musiciens dont les accords font tressaillir son âme. Plus il approche, plus le charme de l'harmonie s'empare de son cœur ; mais subitement il s'arrête en apercevant, à l'ombre des beaux orangers couverts de fruits et de fleurs, un groupe de belles jeunes filles, couronnées de lauriers, assises sur un amphithéâtre de verdure, tenant divers instruments entre leurs mains, et faisant retentir l'air de leurs accords et de leurs chants.

A la vue d'Apollon, les jeunes filles qui formaient ce divin concert s'arrêtent tout interdites et baissent les yeux en rougissant; mais celui-ci, en dieu fort bien élevé, s'approchant d'elles et les saluant avec courtoisie :

— Je suis Apollon, le fils de Jupiter et de Latone, et de plus votre très-humble serviteur, leur dit-il.

— Et nous, répondirent-elles en se levant et faisant aussi une jolie révérence, nous nous appelons les *Muses* et nous sommes filles de Jupiter et de la belle Mnémosyne.

— Je suis donc alors votre frère, fit joyeusement Apollon en voyant une aussi jolie famille; mais embrassons-nous donc, pour faire plus intime connaissance, ajouta-t-il en escaladant l'amphithéâtre et s'avançant vers ses sœurs, qui répondirent affectueusement à cette avance; aussi furent-il spromptement les meilleurs amis du monde, car la fraternité des arts, jointe à celle du sang, fit naître entre eux une de ces douces intimités qui se conservent toujours.

Quand on se fut bien embrassé, les Muses couvrirent de guirlandes le front d'Apollon, s'emparèrent de sa lyre, l'entourèrent des plantes les plus rares et les plus parfumées; puis, se prenant par la main, elles dansèrent en rond autour de lui, chantant des mots dont l'ensemble prit un rhythme poétique qui célébrait toutes les gloires de leur frère bien-aimé.

Quand on eut bien dansé, on s'assit, puis on se mit à causer.

— Vous donniez donc là un concert tout à l'heure? leur demanda Apollon.

— Non, répondirent-elles en souriant; c'était une répétition.

— Une répétition ! exclama le jeune dieu ; répétition de quoi? je vous prie...

— Répétition d'un combat singulier auquel nous sommes appelées par des orgueilleuses, firent-elles en haussant les épaules avec dédain.

— Je ne comprends pas! exclama encore Apollon du même ton.

— Eh bien, je vais vous rendre la chose plus claire, dit une des Muses qui s'appelait *Calliope*, en prenant seule la parole un instant : il y a des jeunes personnes de par le monde qui sont filles de Piérus, roi de Macédoine ; elles font de la musique, et, comme elles sont le même nombre que nous, elles se croient nos rivales. Aussi nous ont-elles envoyé des ambassadeurs pour nous offrir un pari que nous avons eu la courtoisie d'accepter, pari qui aura pour ces orgueilleuses de graves conséquences, je le crains... « Si vous êtes vaincues, nous ont-elles fait dire, vous céderez aux filles de

Piérus le mont Parnasse et les bords fleuris de l'Hip-
pocrène; mais, si la victoire est à vous, elles vous
abandonneront les riantes vallées de la Thessalie
et s'en iront chercher fortune ailleurs. »

— Et vous avez accepté ce stupide combat? fit
Apollon en riant.

— Oui, mais c'est pour nous moquer d'elles,
répondirent sur le même ton les Muses peu charitables.

— Quand arrivent ces demoiselles? demanda le
jeune dieu.

— Aujourd'hui même, tout à l'heure peut-être,
répondirent les rieuses; et cela se trouve bien, car
vous serez notre juge, n'est-ce pas?

— De tout mon cœur! mais prenez garde à mon
impartialité, fit Apollon en les menaçant gaiement
du doigt.

Au même moment on vit arriver neuf jeunes filles,
fort jolies en vérité, portant comme les Muses une
couronne de lauriers sur la tête, et tenant des
instruments d'or dans leurs blanches mains.

On se salua réciproquement; les Muses présentèrent Apollon comme leur frère; les filles ·de

Piérus l'acceptèrent pour leur juge, et le concert commença.

Les princesses chantèrent ensemble le combat des Titans, la gloire du grand Jupin, les plaisirs champêtres, les oiseaux, les ruisseaux, la verdure, etc., et cela avec tant de goût et de charme, qu'Apollon éprouva un véritable plaisir à les entendre, et souvent se laissa entraîner malgré lui à les applaudir.

Lorsque les filles de Piérus eurent achevé, *Erato*, l'une des Muses, se chargea seule de leur répondre, ses nobles sœurs trouvant indignes d'elles de se mettre toutes contre si faible partie; et à peine Apollon l'eut-il entendue, que le chant des princesses ne lui sembla plus que monotone et sans la moindre grâce.

— Quel vilain défaut que l'orgueil ! se disait-il; car voilà des jeunes filles qui brilleraient infiniment si elles se contentaient de s'entourer de leurs semblables. Mais s'attaquer aux étoiles pour rivaliser avec elles, quelle folie!... Aussi elles seront punies, j'en réponds, et elles n'auront que ce qu'elles méritent.

Mais pendant qu'Apollon se parlait ainsi, la noble Erato chantait l'aventure de Deucalion et de Pyrrha, aventure que je vais vous traduire de mon mieux.

« Maître Jupin, furieux contre la méchanceté des hommes, changea un beau jour la terre en une mer immense, et le genre humain ne se composait plus que de poissons. Les plus hautes montagnes avaient été couvertes par l'eau ; une seule élevait encore sa tête sur les flots : c'était le mont Parnasse, où vous êtes en cet instant, fit Erato en inclinant dans un petit salut mignon sa jolie tête blonde.

« Sur cette plaine immense et liquide flottaient à la dérive, et cela au milieu des arbres déracinés, des maisons renversées, des hommes et des animaux noyés, une frêle barque, jouet des aquilons en furie ; elle portait un couple heureux et respectable, et était dirigée par une jeune et belle fille appelée *mademoiselle la Vertu*, jeune fille qui, ayant toujours vécu avec eux, cherchait à les sauver au lieu de reprendre tout simplement son vol vers le ciel sa patrie.

« Grâce à cette jolie batelière, *Éole*, général en

chef de tous les vents, porta l'embarcation légère au sommet du mont Parnasse, et, pour montrer à l'honnête couple, appelé Deucalion et Pyrrha, qu'il ne devait pas songer à aller plus loin, il la renversa d'un coup d'aile. Force fut donc aux bons vieillards de sortir en tremblant de leur bateau.

« Alors, jetant au loin leurs regards, ils restèrent glacés de terreur en n'apercevant plus qu'un vaste tombeau où tout le genre humain était enseveli.

« Cependant les eaux décroissaient et l'on pouvait découvrir déjà les montagnes, les collines et les prairies élevées.; mais partout la nature était morte comme les hommes, et le silence seul habitait l'univers.

« Deucalion tendit alors les bras à sa compagne, et, le cœur déchiré, les yeux remplis de larmes, il lui dit d'une voix émue :

« — O ma bien-aimée ! pourquoi faut-il que l'âge ait glacé nos sens sans que nous nous soyons vus revivre dans de beaux et bons enfants qui seraient notre consolation aujourd'hui. Hélas ! nous allons donc mourir seuls, et les derniers de ce monde !...

« — Les dieux sont toujours justes dans leurs

8.

décrets, répondit la sage Pyrrha ; allons donc les adorer pour les remercier au lieu de nous plaindre.

« Et de la main elle montrait à son époux un temple ouvert, où une déesse très-sévère, appelée *Thémis*, continuait à rendre ses oracles, malgré tout le bouleversement qui avait lieu autour de sa maison.

« Deucalion approuva le conseil de sa vertueuse compagne, et l'honnête couple, les bras entrelacés, comme pour mieux s'unir encore, entrent dans le sanctuaire, se prosternent et touchent humblement de leur front la marche de marbre qui conduit à l'autel de la déesse.

« Alors la terre tremble, la voûte s'ébranle, et une voix formidable fait entendre ces étranges paroles :

« — *Sortez au plus tôt de ce lieu; voilez-vous le visage; jetez derrière vous les os de votre mère, et les dieux seront satisfaits!*

« Deucalion et Pyrrha se relèvent tout tremblants, et sachant interpréter la volonté de la déesse, ils sortent du temple, se couvrent tous deux la tête d'un voile épais, et traversent ensemble le vaste désert qui s'étend devant eux, en lançant derrière leur dos les pierres qui sortent du sein de la terre, notre mère commune.

« Soudain ces pierres, semblables au marbre que le sculpteur travaille avec son habile ciseau, prennent par degrés une figure humaine; leurs traits dégrossis d'abord se perfectionnent; bientôt leurs yeux brillent, leurs traits s'animent, leurs membres s'agitent; ils vont marcher... ils marchent! Le grand Jupin leur dit : Vivez... et aussitôt ils vivent !... »

De nombreux applaudissements d'enthousiasme, qui viennent interrompre la charmante Erato, montrent aux Muses que la victoire est complétement pour elles, et les filles de Piérus le comprennent si bien, qu'elles se disposent à se sauver honteusement, quand tout à coup leurs corps se couvrent de plumes noires et blanches, et elles s'envolent en criant :

— Margot !... Margot ! Margot !...

Elles avaient été changées en pies.

Tandis que ces étranges événements se passaient sur le Parnasse, le beau Phaéton faisait une ren-

contre qui eut sur son sort la plus fatale influence :
ce fut celle d'un homme entre deux âges lequel errait de par le monde à la recherche des aventures les
plus dangereuses ; il portait une énorme massue à
la main, un arc avec son carquois sur ses épaules,
et était revêtu de la peau d'un lion qu'il avait tué
lui-même, quoique ce lion fût le plus gros et le
plus féroce qui eût jamais existé.

Cet homme avait pourtant un air doux et bien-
veillant ; il cherchait en ce moment la route d'un
fameux jardin où il ne poussait que des pommes
d'or, et comme ces pommes étaient gardées par
d'affreux dragons des plus méchants, notre aventurier éprouvait alors un très-vif désir de cueillir
de ces fruits.

Il allait donc à l'aventure, s'informant du chemin qu'il devait suivre, quand il arriva sur le bord
d'un ruisseau où Phaéton se désaltérait en ce moment.

Ces deux hommes si différents d'aspect s'exami-
nèrent d'abord avec surprise, mais l'étranger, qui
n'aimait pas à perdre son temps, se prit à dire aussitôt.

— Pourriez-vous m'indiquer, monsieur, le chemin que je dois suivre pour arriver au jardin des
Hespérides, où je voudrais aller ?

A cette question, Phaéton devint bien plus surpris encore.

— Le jardin des Hespérides ! s'écria-t-il, mais,
aventureux voyageur, dans quel but voulez-vous
donc aller en un endroit si dangereux ?

— Tout bonnement pour donner trois pommes
d'or à un certain roi de mes cousins qui me les a
demandées, fit simplement l'étranger.

— Alors vous ignorez que ceux qui vont à la
recherche de ces pommes ne reviennent jamais,
parce qu'elles sont gardées par un terrible dragon
à cent têtes qui dévore tous ceux qui se présen-
tent, dit Phaéton.

— Oui, je le sais ! interrompit avec calme l'é-
trange personnage, mais, continua-t-il, je ne m'ef-
fraye pas de si peu de chose, car depuis mon enfance j'ai eu continuellement affaire aux serpents
et aux dragons.

— Par Jupiter ! qui donc êtes-vous ? exclama
Phaéton au comble de la stupeur, cette fois.

— Je m'appelle *Hercule*, dit l'étranger avec modestie.

En entendant ce nom célèbre, le jeune pasteur se leva, et, saluant avec respect le héros :

— Seigneur, dit-il, j'ai l'honneur d'être votre cousin, car je suis le fils d'Apollon ; aussi, si vous voulez m'honorer d'un moment d'entretien durant lequel vous me raconterez votre histoire, vous me rendrez un grand service ?

— Volontiers, mon cousin, fit Hercule, d'autant que je suis un peu fatigué pour le quart d'heure, et qu'un moment de repos ne peut que me faire du bien. Tout en parlant ainsi, il jeta sa massue sur le gazon, s'y étendit lui-même, et bientôt commença l'histoire de sa vie, depuis le jour où, couché sur le bouclier d'un guerrier, il s'était vu attaqué par deux énormes serpents qui se disposaient à le dévorer, s'il n'y avait mis bon ordre en les étranglant dans ses petites mains comme il eut fait d'un oiseau ou d'une souris ; puis il dit comment, étant un peu plus grand, il avait tué l'énorme lion dont il portait la peau, et comme ensuite il s'y prit pour livrer combat à une affreuse bête appelée l'*Hydre de Lerne,* qui n'avait que sept têtes, il est vrai, mais ces horribles têtes avaient l'odieux privilége de repousser aussitôt qu'elles étaient coupées.

— Et comment fîtes-vous, cousin, pour vous défaire de ce monstre ? interrompit Phaéton qui ouvrait ses yeux à croire qu'ils allaient sortir de leur orbite.

— Je le mis tout simplement sous un énorme rocher que j'allai déterrer à cette intention, répondit avec une grande simplicité Hercule. Plus tard continua-t-il, je poursuivis un cerf durant tout une année sans me reposer ni jour ni nuit un seul instant, et j'eus la gloire de le prendre vivant par les bois pour le porter à une dame à qui je rendais des hommages ; une autre fois, je livrai une série de combats à un peuple très-ancien, moitié hommes, moitié chevaux, que j'exterminai tout entier, pour délivrer le monde de cette méchante et ignoble race, enfin je balayai les écuries d'*Augias.*

— Vous avez balayé des écuries, mon cousin ? s'écria l'orgueilleux Phaéton avec dédain ; fi, c'est l'office d'un palefrenier.

— Peut-être pour une écurie ordinaire, reprit

Hercule en souriant; mais j'aurais défié mille des plus habiles de réussir à nettoyer celle-là, puisque j'ai dû détourner le cours d'un fleuve et le contraindre à passer par cette écurie pour y arriver. Mais je m'amuse là à flâner, fit l'intrépide aventurier en se levant, et je n'ai pas de temps à perdre pourtant, car, je vous l'ai dit, je veux avoir des pommes d'or, et je les aurai.

Depuis quelques instants le jeune Phaéton était devenu tout pensif.

— Si vous étiez fils d'Apollon, comme moi, que feriez-vous donc, cousin? demanda-t-il tout à coup à Hercule.

— Si j'étais fils d'Apollon, je mènerais moi-même le soleil ou j'y perdrais mon nom, répondit celui-ci en haussant dédaigneusement les épaules, et, ayant ramassé sa massue, il embrassa son jeune cousin et se remit en marche aussitôt.

Cependant Apollon, étant resté quelque temps avec les belles Muses ses sœurs, avait créé pour elles une académie de dames, c'est de là sans doute que nos académiciens d'aujourd'hui, leurs successeurs, ont pris ce nom d'immortels, car les filles du grand Jupin et de Mnémosyne étaient immortelles de naissance, puis, ayant monté sur Pégase, son beau cheval ailé, il se rendit dans le plus beau de ses palais, situé tout au beau milieu de l'Olympe, et là, comme il s'y reposait au milieu de sa cour, c'est-à-dire des Saisons et des Heures, un de ses chambellans vint lui dire qu'un jeune homme qui paraissait arriver de bien loin, car il était tout poudreux, sollicitait l'honneur d'être admis en sa présence sacrée.

— Faites-le entrer, laissa tomber dédaigneusement le dieu de ses lèvres mélodieuses.

Et aussitôt Phaéton se présenta devant lui.

— Par Jupiter ! que venez-vous faire en ces lieux, mon fils ? exclama Apollon avec une surprise mécontente qu'il cacha sous un affectueux sourire.

— Je viens vous rendre mes hommages, ô mon père ! répondit le jeune homme en s'inclinant respectueusement devant le dieu du jour, car la richesse qui entourait celui-ci avait singulièrement accru la tendresse que lui portait son fils.

— C'est bien honnête de votre part, mon enfant ! fit avec humeur Apollon, qui devinait la mauvaise pensée du jeune homme et qui en éprouvait un vif mécontentement ; et maintenant, ajouta-t-il, re-tournez-vous-en bien vite chez les bons pasteurs que vous n'eussiez jamais dû quitter.

— Vous ne m'aimez donc pas, mon père, que vous me congédiez ainsi ? dit Phaéton d'une voix émue.

Apollon se sentit attendri, et, pressant son fils dans ses bras : —Si, mon enfant, lui dit-il, je vous aime, et c'est justement pour cela que je vous éloi-gne, car je sais que l'atmosphère dans laquelle je vis serait mortelle pour votre jeune âme. Attendez donc que l'expérience vous ait rendu sage et alors je vous rappellerai auprès de moi pour ne plus nous quitter jamais.

Phaéton rend au dieu de la musique et du jour les caresses qu'il en reçoit, puis, s'agenouillant devant Apollon :

— O mon père ! accordez-moi, avant de nous sé-parer, une grâce qui rassure à jamais mon cœur contre votre indifférence et votre oubli, et je m'éloi-gnerai heureux.

Le dieu, croyant que son fils voulait obtenir de

lui un cadeau précieux, fit avec empressement la promesse qui lui était demandée.

— Vous me refuserez peut-être, ô mon père ! quand vous connaîtrez l'objet de mes désirs, reprit Phaéton en baissant les yeux avec embarras.

— Enfant ! fit Apollon, qui ne se fie pas à la générosité de son père ! Eh bien, pour te rassurer, je jure par le Styx de t'accorder, mon fils, ce que tu vas me demander, quelle que soit l'importance de ta demande, et tu sais que ce serment est tellement sacré pour nous, que le grand Jupin lui-même ne se permettrait pas d'y manquer. Parle donc maintenant en toute confiance.

— Eh bien pour prouver à tous que du maître du jour j'ai reçu la lumière, laissez-moi, ô mon père ! conduire sur votre char le soleil durant tout un jour, répondit Phaéton en attachant sur Apollon des yeux brillants de convoitise.

Mais, en entendant ce vœu prononcé par son fils, le dieu était tombé de stupeur sur le siége qui lui servait de trône, et durant quelques instants garda un profond silence ; puis tout à coup, relevant la tête avec effort et regardant Phaéton avec sévérité.

— Avez-vous bien réfléchi, orgueilleux imprudent, à la demande fatale que vous venez de m'adresser ? fit-il d'une voix grave.

— Oui, mon père, et j'y persiste, répondit vivement l'élève des bons pasteurs.

— Mais, faible mortel, des cieux connaissez-vous les chemins divers ? reprit le dieu du jour en soulevant ses épaules d'un air de pitié dédaigneuse.

— Vos chevaux doivent être assez bien dressés pour n'avoir pas besoin d'être guidés, répliqua Phaéton qui s'entêtait dans son projet.

— Mais vous ne savez pas combien ils sont fougueux, et quels dangers vous courrez en les conduisant d'une main novice ! fit Apollon, qui sentait l'inquiétude remplacer le dépit dans son âme ; ne me donnez pas le chagrin de vous perdre, ô mon cher fils ! continua-t-il d'une voix attendrie ; renoncez à votre projet insensé, et je vous accorderai en compensation toute autre chose que vous désirerez.

— Je ne désire rien que cela, mon père, interrompit avec impatience le jeune orgueilleux, et ouvenez-vous que vous avez juré par le Styx de me l'accorder.

— Aussi, vais-je tenir mon serment, monsieur ; mais malheur à vous qui forcez la volonté de votre père! fit le dieu en se levant avec dignité.

Alors il appela les Heures matinales, leur ordonna de réveiller l'Aurore, d'atteler le char du soleil, et de venir le prévenir aussitôt que tout cela serait prêt.

Elles s'éloignent rapidement, et, quelques instants après, le char radieux, conduit par les coursiers agiles, se présentait devant le palais du dieu du jour.

Phaéton, ivre de joie, s'y élance légèrement, le cœur bouffi d'orgueil, saisit avec empressement les rênes étincelantes, et, tout à son triomphe, ne prend pas seulement la peine d'écouter les derniers avis que lui donne son pauvre père éploré, car celui-ci parlait encore que déjà l'imprudent jeune homme planait au loin sur la voûte azurée.

Soudain les coursiers impétueux, qui sentent qu'une main inhabile les presse au lieu de les retenir, bondissent dans les plaines de l'air, tantôt s'élançant vers la demeure des dieux, tantôt se précipitant comme pour toucher les habitations des mortels, en un mot, menaçant tour à tour d'embraser la terre ou les cieux; et non-seulement maître Jupin devint tout pâle et tout tremblant dans l'Olympe; mais aussi *Neptune* dit *veau marin*, au sein des eaux son humide royaume; et Diablotin le noir *Pluton*, au fond des entrailles du monde, sa demeure ordinaire.

Mais ce qui souffre la plus de tout cela, c'est la pauvre Cybèle, qui se voit à chaque instant prête à être dévorée par le feu. Aussi, les cheveux épars, le front ruisselant de sueur, la bouche sèche et fié-vreuse, elle s'élance vers l'Olympe et tombe aux pieds du grand Jupin.

O mon père! s'écrie-t-elle, ayez pitié de nous, ou nous sommes tous perdus à jamais. Apollon a confié le char du soleil à un niais qui n'entend rien à le conduire, arrêtez-le, mon père, ou nous sommes tous perdus sans retour.

Le roi des cieux se sentit très-touché de la prière de Cybèle et sans doute effrayé aussi du malheur dont il se sentait lui-même menacé; il se lève, saisit sa foudre, et d'un bras formidable frappe le malheureux Phaéton, qui, tandis que les cour-

siers sans frein, achèvent au hasard la carrière du
jour, ce qui fit bien certainement une éclipse totale
du soleil dans beaucoup d'endroits, jouet des vents
et de la foudre, tourbillonne dans l'air et tombe
dans l'Éridan, dont les ondes écumantes roulent vers
l'Océan son corps à démi consumé.

En apprenant cet affreux malheur, Apollon,
l'âme ulcérée, vole au secours de son malheureux
fils; mais il était trop tard, hélas! pour le sauver,
et comme unique consolation, il couvre ce corps
bien-aimé d'un blanc plumage et le change en un
beau cygne, lequel, les ailes déployées, nage ma-
jestueusement sur la plaine liquide qui devient sa
demeure à jamais.

— Et voilà comment les orgueilleux sont toujours punis... exclama la tante Dorothée comme
conclusion du conte, car enfin c'est bien triste,
quand on a été une créature du bon Dieu, ayant
des bras, des jambes et une âme, de ne plus devenir qu'un oiseau sur ses pattes, quelque joli que
soit cet oiseau.

— C'est bien vrai!... s'écria Germaine avec con-
viction; mais aussi c'est fort mal à ce méchant Her-

cule d'avoir donné un mauvais conseil à Phaéton.

— Il n'a pas donné un mauvais conseil, mon enfant, reprit maître Pierre. Hercule, qui était un héros, et qui alors eût été très-bien capable de conduire sans danger le char du soleil, ne pouvait juger les choses qu'à son point de vue, et c'était donc à Phaéton de sentir de quoi il était capable. Ainsi, par exemple, si Lucien voulait prendre ma place de contre-maître, croyez-vous que la fabrique marcherait aussi bien qu'elle le fait depuis trente ans ?...

En entendant cette comparaison, le pauvre Lucien devint plus rouge qu'un coquelicot, car il se rappela avoir dit la veille que ce n'était pas bien difficile de faire ce que faisaient et son papa et son bon ami, que, quoiqu'il ne fût pas grand, il en ferait bien autant qu'eux, etc., etc., et il comprit que ce joli petit conte de Phécton était à son adresse.

Maître Pierre n'eut pas l'air de s'apercevoir de son embarras et continua ainsi :

— Il en est de même pour ces pauvres filles qui furent changées en pies. Si elles s'étaient contentées de faire de la musique avec leurs semblables, cela ne

leur serait pas arrivé et elles eussent brillé tout à
leur aise. Ainsi, par exemple, Germaine, nous recon-
naissons, et, plus encore, nous admirons sa science
pour la langue anglaise, science que nous ne possé-
dons pas aussi bien qu'elle ; mais qu'elle s'avise de
vouloir aller donner des leçons de cette langue en
Angleterre, et elle verra comme elle y sera bafouée :
« Tel brille au second rang qui s'éclipse au premier,»
a dit je ne sais qui, et ce je ne sais qui avait raison,
ajouta maître Pierre en levant la séance, pour cacher
la confusion que la pauvre Germaine partageait
avec son frère. Mais assez causé pour aujourd'hui,
dit-il encore, et à jeudi prochain un autre conte.

UNE HISTOIRE DE L'AUTRE MONDE

UNE

HISTOIRE DE L'AUTRE MONDE

Il y avait autrefois un roi et une reine qui vivaient comme chien et chat, c'est à-dire qu'ils ne demandaient pas mieux de s'étrangler et ne pouvaient vivre ensemble qu'à la condition d'être toujours séparés, ce qui était d'un fort mauvais exemple pour le prince leur fils, jeune homme charmant et de la plus grande espérance. Aussi le vieux gouverneur de ce prince, homme sage et éclairé, résolut-il d'emmener secrètement son élève du royaume, afin de le faire voyager à l'étranger, et de lui montrer, par la connaissance des hommes, que les rois ne devaient pas être tyrans et méchants, bien au contraire.

Le jeune Thésée et le seigneur Cretus, son gouverneur, partirent donc à petit bruit, un matin, du pays qui leur avait donné le jour, et s'embarquèrent pour courir le monde; mais, hélas! les vents sont aussi changeants que les hommes! et bientôt, le bâtiment qui les portait faisant naufrage, Cretus fut noyé et le jeune prince jeté sur une côte plus inhospitalière encore que n'eût été pour lui la mort, car à ce moment on était en train de faire leur toilette funèbre à sept jeunes filles belles, blondes et plus blanches que des statues de marbre, ce qui se comprend puisqu'elles connaissaient le supplice qui les attendaient, ainsi qu'à autant de jeunes gens, aussi beaux, aussi blonds et aussi pâles qu'elles, puisqu'ils étaient destinés à figurer dans la même cérémonie.

Mais tout à coup des cris terribles se font entendre :

— Un des condamnés s'est échappé!... exclamet-on de toutes part, et les femmes s'empressent de courir après leurs frères, leurs fils, ou leurs fiancés, pour les mettre sous clef, afin qu'ils ne soient pas pris pour remplacer le fugitif.

Les hommes eux-mêmes se sauvent à toutes jambes, et non-seulement les jeunes, mais encore les vieux, sans réfléchir, ou du moins sans vouloir reconnaître qu'ils ont passé l'âge dangereux, rentrent chez eux s'enfermer sous triples verrous.

En un instant donc la plage fut déserte, et le pauvre Thésée, toujours évanoui, encourait grand danger de passer de vie à trépas, sans secours, quand une belle jeune fille, entourée de suivantes, dirigea ses pas de ce côté.

— Oh! le pauvre malheureux!... s'écria-t-elle en jetant un regard attendri sur le jeune et beau naufragé.

Puis, par un sentiment de charité bien naturel chez une jeune fille bien élevée, elle s'empressa, aidée de ses femmes, à porter secours au pauvre prince évanoui.

— Où suis-je?... murmura Thésée en ouvrant de grands et beaux yeux bleus qu'il attachait avec

admiration sur la jeune fille; Vénus m'a-t-elle envoyé la plus adorable de ses nymphes pour me secourir?...

L'inconnue sourit en entendant ce compliment
fort bien tourné, surtout pour un pauvre garçon
qui rendait l'eau de toutes part, et répondit aussitôt avec une grande simplicité :

— Vous êtes en Crète... et je suis Ariane, la fille
du roi.

— Ah bah!... fit Thésée émerveillé; eh bien,
j'en suis fort aise, car, moi aussi, mon père est
roi, et nous pourrons alors nous marier, si vous le
voulez bien.

Voilà, vous en conviendrez, une déclaration faite
dans un étrange moment et dans une position
plus singulière que jolie! Aussi la princesse, fort
embarrassée, ne savait qu'y répondre, quand une
troupe de soldats parut tout à coup à leurs yeux, et,
s'emparant brusquement de Thésée:

— En voilà un qui fera notre affaire, s'écrièrent-
ils avec joie.

— Je m'estimerai trop heureux de vous servir,
messieurs, répondit le jeune prince en saluant avec

courtoisie, car c'était un garçon très-bien élevé, seulement veuillez, je vous prie, me dire ce qu'il faut faire pour cela ?

En l'entendant parler ainsi, tous les assistants restaient stupéfaits quand le loustic de la troupe se prit à dire avec un gros rire de caserne :

— Par Jupiter! rien autre chose que te laisser manger sans mot dire, et voilà !...

Thésée le regardait avec une grande surprise, ne pouvant comprendre cette plaisanterie déplacée, quand la jeune princesse, prenant la parole, se mit à dire avec dignité :

— Cet étranger n'est pas de ce pays, et il ne présente pas non plus les qualités nécessaires à la victime que vous cherchez; donc je m'oppose à votre capture, et le garde pour moi.

— Comment, madame, fit alors le chef de la bande en s'avançant respectueusement vers Ariane, Votre Altesse prétend que cet homme n'a pas les qualités nécessaires pour être mangé? Mais il est blanc, il est beau, il est gras,... il est jeune, donc il sera tendre;... ne sont-ce pas là les qualités qui plaisent, avant tout, à la bête terrible qu'il faut satisfaire, si nous ne voulons périr ; et ne pensez-vous pas qu'il vaut mieux donner à croquer au monstre un aventurier qu'un de vos sujets ?

La princesse poussa un profond soupir :

— Prenez-le, dit-elle, puisqu'il le .faut ; mais auparavant laissez-moi lui raconter une petite histoire, afin qu'il puisse savoir en l'honneur de quoi se joue la sanglante tragédie dans laquelle vous voulez lui donner un rôle.

Le capitaine salua respectueusement :

— Qu'il en soit fait, madame, comme vous le désirez, dit-il ; seulement, je prie Votre Altesse de ne pas faire des phrases trop longues, car, si le minotaure s'ennuie, il pourrait bien venir nous dévorer sous prétexte de se distraire.

Et après avoir parlé ainsi, il s'éloigna assez pour ne pas avoir l'air de vouloir entendre ce que la princesse allait dire à son prisonnier ; et, faisant faire un demi-tour à ses soldats, ils formèrent alors le demi-cercle de façon à rendre impossible toute espérance de fuite pour le malheureux qu'ils venaient d'arrêter.

Quand Ariane se vit seule avec Thésée, elle lui

fit signe de s'asseoir à côté d'elle sur un tas de
pierre et commença ainsi :

« Mon père, le sage Minos, dicte des lois à la
Crète, sur laquelle il règne et gouverne sans partage et surtout sans contrôle ; aussi le peuple vivait-
il parfaitement heureux quand un grand malheur
arriva.

« Mon frère Androgée, qui commandait en chef
et avec un grand talent les armées crétoises, malgré sa jeunesse, car, ainsi que l'a dit avec beaucoup
d'esprit un de nos courtisans, *dans les âmes bien
nées la valeur n'attend pas le nombre des années*,
et on ne peut pas être mieux né que quand on naît
fils de roi, donc mon frère battit les ennemis du
royaume, et ces lâches l'assassinèrent pour se
venger de leur défaite.

« Quand mon père apprit cette nouvelle affreuse, il entra dans un désespoir et une colère
effroyables, voua les criminels aux Furies à l'aide
d'une quantité immense de sacrifices humains sur
les autels de ces divinités infernales; puis, pour les
aider à le venger, il partit afin de prendre lui-même
le commandement de ses troupes, et, portant par-

tout le ravage et la mort, il alla mettre le siége devant Mégare.

« Or Mégare était une ville que, pour se distraire de ses chagrins de famille, M. Apollon s'était amusé à construire, entremêlant ses travaux de musique, et prenant alternativement la lyre et la truelle, si bien que, ces deux choses-là s'étant mêlées souvent, les pierres finirent par être magnétisées par les harmonieuses cordes de façon que quand on y touchait elles rendaient un son mélodieux, ce qui faisait le charme de tous les habitants de ces maisons musicales. Aussi les murailles tombèrent-elles à grand orchestre, quand mon père fit le siége de la ville avec l'aide de ses guerriers ; désastre dont Nysus, roi de Mégare, et sa fille Scylla eurent tant de chagrin, surtout la dernière, qui joignait le remords à la douleur, puisque c'était grâce à son étourderie que son père était vaincu, ayant eu la légèreté coupable de lui arracher, en jouant avec lui, un cheveu rouge comme une carotte qui défiait tout mauvais sort de l'atteindre ; tous deux, dis-je, eurent tant de chagrin de la défaite que leur fit essuyer le roi mon père, que M. Apollon, qui les protégeait encore, consentit à les changer, la princesse en alouette et le roi en épervier.

— Voilà une singulière consolation qui leur fut donnée là, madame, interrompit Thésée que la narration d'Ariane amusait fort.

— Que voulez-vous, seigneur? d'une mauvaise affaire on se tire comme l'on peut, et il vaut encore bien mieux, à mon avis, être oiseau que rôti... fit la princesse en souriant.

— Mais l'un n'empêche pas l'autre, au contraire, il me semble, répliqua le jeune prince sur le même ton. Puis il ajouta respectueusement : Mais, pardonnez-moi, madame, la liberté que j'ai prise de vous interrompre, et daignez continuer, je vous prie, votre récit charmant.

Alors la belle Ariane, flattée des paroles gracieuses du jeune prince, continua ainsi :

« Quand Mégare fut complétement brûlée et sa musique détruite, mon père, toujours furieux, marcha contre Athènes pour faire subir à cette ville le même sort qu'à son alliée ; mais celle-ci, effrayée, demanda la paix à tout prix.

« Minos résista d'abord à cette demande et se

disposait à mettre le siège devant les murs d'Athènes, quand, ayant appris que quelques émeutes
avaient eu lieu en Crète en son absence, et voulant
revenir châtier ses rebelles sujets, il consentit enfin
à accorder la prière que lui adressaient les Athéniens, en attachant toutefois une condition terrible
à cette paix, condition que je vais aussi vous apprendre :

« Au milieu de la Crète, dans le labyrinthe
construit par l'ingénieux Dédale, mon père pos-
sède un monstre des plus affreux ; il est moitié
homme, moitié taureau, et dévore d'une seule bou-
chée tous les malheureux condamnés qui lui sont
jetés en pâture. Donc mon père exigea que, durant
neuf années consécutives, les Athéniens s'engage-
raient à lui envoyer pour cela, à une certaine époque fixe, sept jeunes gens et sept jeunes filles tous
blancs, beaux et jeunes pour être jetés au minotaure.

« Cet envoi a eu lieu le mois dernier ; on a laissé
reposer les victimes, on les a engraissées le
mieux possible, et on leur faisait ce matin la toilette des funérailles, quand un des jeunes garçons

s'est enfui, et c'est celui-là qu'on veut vous faire
remplacer.

— Que Pluton m'emporte si je trouve cette commission agréable ! exclama Thésée en se grattant
l'oreille d'un air soucieux quand la jeune princesse
eut fini sa narration, car il ne comprenait que trop
bien le sort qui lui était réservé.

— Il est avec l'Olympe des accommodements !...
fit en souriant la belle Ariane en prenant les mains
du jeune homme, et, si vous voulez me promettre
de m'épouser, je vous sauverai, soyez-en sûr.

— Je le jure par le Styx !... s'écria Thésée.

— Mais vous êtes fils de roi, au moins ?... reprit vivement Ariane.

— Fils d'Égée, roi de Grèce, et fils unique encore !... répondit Thésée.

— Alors écoutez-moi avec grande attention, dit la
princesse en tendant au prince sa petite main blan-
chette comme signe d'une alliance éternelle ; allez
vous habiller avec les autres ; laissez-vous faire
sans trembler, et ce soir, quand on vous conduira
à la bête, vous me trouverez à la porte du labyrinthe avec une épée enchantée et un peloton de fil.

L'épée est pour tuer le monstre, et le peloton de .
fil est pour que vous ne vous perdiez pas dans tout
l'entortillage de chemins qui composent l'habita-
tion du minotaure. Vous prendrez donc le bout de
ce fil, et comme je vous attendrai à la porte avec le
peloton, vous êtes sûr alors de retrouver votre chemin. Allez maintenant, et que Jupiter vous conduise.

Thésée remercia vivement la jeune princesse de
sa bonté pour lui, et, comme le capitaine, qui avait
trouvé le temps plus long que les fiancés, venait le réclamer enfin, il se livra sans frayeur aux soldats, car
il se sentait protégé par une force invincible, celles
de l'adresse et de la puissance réunies pour le servir.

Donc, le soir venu, et tandis que ses autres compagnons marchaient vers le labyrinthe avec toutes
les marques du plus violent désespoir, Thésée au
contraire avançait tête levée et comme s'il allait
à la conquête de la plus belle et de la plus enviable
des couronnes.

Ariane l'attendait comme elle lui avait dit. Il
prit l'épée qu'il passa à sa ceinture et attacha autour de son petit doigt le bout de fil qui commençait

le peloton, et, le sourire aux lèvres, les yeux brillants d'audace, il franchit résolûment le seuil de la demeure du monstre.

Voici donc la pauvre princesse restée seulette avec ses inquiétudes et ses remords.

— J'ai, je le crains, fait une mauvaise action, se disait-elle ; papa Minos est bon, mais il est sévère aussi, et il me tordra peut-être le cou comme à un poulet s'il sait que c'est moi qui ai donné à l'étranger les moyens de tuer la bête dont la fonction est de le débarrasser des sujets qui le gênent. Jupin!... Jupin!... Jupin!... ayez pitié de moi!...

Tremblante, Ariane écoute le bruit des pas qui s'éloignent; voulant tout à la fois les retenir et les activer, dépelotant avec ardeur le fil tutélaire et craignant à chaque instant de le voir se rompre entre ses doigts.

Tout à coup elle entend des hurlements terribles!... ce sont ceux du minotaure ; mais viennent-ils de la joie ou de la douleur? voilà ce que ne peut distinguer son oreille. Hélas! ce même moment là le fil reste immobile.

—Thésée est-il vainqueur ou vaincu?s'écrie-t-elle.

10

Cruelle alternative que la princesse ne sait résoudre.

Mais peu à peu, enfin, elle croit sentir un mouvement imperceptible... elle croit entendre un bruit de pas dans le lointain... Si c'était une illusion? Elle espère, elle craint, elle frissonne, elle palpite... Son sang se glace ou brûle tour à tour... Enfin des cris de joie se font entendre... le minotaure n'est plus... les victimes sont sauvées... Ariane pense alors à la colère de son père et tombe évanouie aux pieds de Thésée triomphant.

Le jeune prince, au désespoir en voyant sa belle protectrice en aussi piteux état, s'élance vers elle pour la secourir, aidé de ceux qu'il vient de sauver grâce à elle ; et, quand elle eut repris sa connaissance, ils se disposaient à la porter en triomphe au palais du roi pour solliciter le consentement de Minos à l'union des deux fiancés ; mais une troupe de soldats qui s'avança vers eux pour les arrêter les fit bientôt changer de gamme et de projets en leur apprenant que le roi les avait condamnés à mort pour avoir tué le monstre, et que la belle Ariane devait partager ce supplice avec eux. La fuite était donc leur seule chance pour se conserver la vie. Un cri de *sauve qui peut* jeté par l'un d'eux les mit tous en fuite, qui à droite, qui à gauche, qui par derrière, qui par devant.

Thésée, entraînant Ariane, courut du côté de la mer; une petite barque se balançait doucement sur les flots en attendant des voyageurs sans doute; il s'y précipita avec la princesse, et vogue la galère! Les voilà partis.

Voyez, enfants, combien une seule imprudence peut conduire loin celui qui l'a commise!... car, si la fille de Minos ne se fût point mêlée de ce qui ne la regardait pas, elle aurait, à l'heure qu'il est, à faire une bonne collation dans le beau palais du roi, son père, tandis que la voilà, toute grelottante et mourant de faim, qui court la pretantaine avec un méchant vaurien, lequel lui fit payer bien cher sa faute, puisque, après avoir débarqué avec elle dans une île qu'il croyait déserte, il l'y abandonna pendant qu'elle dormait, sans penser qu'elle pouvait y mourir de misère, si elle n'était dévorée par les bêtes sauvages.

Ce que voyant M. Trinquefort, grand sommelier

du seigneur Jupiter, alors en tournée afin d'acheter du vin pour son maître, et qui par hasard se trouvait en ce moment en ce lieu, il s'approcha doucement de la pauvre Ariane abandonnée, essuya ses pleurs le mieux qu'il put, et, pour la venger, fit battre la barque, sur laquelle se trouvait Thésée, par une violente tempête, jusqu'au moment où elle fut brisée, et le malheureux jeté sur une terre où il devait trouver la mort.

Pourtant, quand le jeune prince se vit sur le sable, il se crut sauvé.

— Où suis-je? dit-il; ma foi je n'en sais rien; mais que Pluton m'emporte si je m'en occupe guère... Je ne peux pas rencontrer un second minotaure; je suis débarrassé de cette pleurnicheuse d'Ariane, que Jupiter bénisse; je ne dois donc que trouver mieux, mais en attendant dormons, car j'en ai grand besoin.

Et après ce monologue, s'étendant de tout son long sur le sable, il s'endormit profondément.

Un affreux grognement, comme celui d'une bête féroce en fureur, le réveilla presque aussitôt, et, en ouvrant les yeux, il se vit en présence d'un grand et gros monstre tellement horrible, qu'il se crut sous le coup du plus affreux cauchemar.

Devant lui et le couvrant de son ombre comme un roc immense, était un monstrueux géant dont la hauteur était telle, quand il était debout, que la pleine mer la plus élevée lui atteignait à peine à la ceinture, mais en ce moment il s'était mis à plat ventre pour pouvoir considérer Thésée tout à son aise.

Une tête énorme, hérissée de crins noirs et longs, surmontaient et ombrageaient ses épaules noires et velues; ses lèvres, aussi grosses que des branches d'arbres tordues, s'étendaient jusqu'à l'ouverture de ses longues oreilles ; au milieu de son front ridé, un œil gros, rond et verdâtre, s'enfonçait couvert d'un énorme buisson roussâtre qui lui servait de sourcil et dominait un nez aplati, deux narines pendantes, et de grosses joues parcheminées comme un tambour.

Le monstre prit le pauvre Thésée dans sa main, l'y tourna et l'y retourna comme un enfant fait d'un petit insecte ; puis, étendant ses grosses lèvres et découvrant des dents qui ressemblaient à d'é-

10.

normes tisons posés dans l'âtre pour être éteints, il
lui demanda d'une voix aussi douce qu'un violent
coup de tonnerre en l'approchant de son oreille :

— Qui es-tu, petit?... et qu'est-ce que tu fais là?

Comme jamais l'amour-propre n'abandonne les
hommes, Thésée se redressa orgueilleusement sur
la paume de la main qui le tenait prisonnier et répondit aussitôt :

— Je suis Thésée, fils d'Égée, roi des Grecs,
époux d'Ariane, fille de Minos, et je veux entre-
prendre la conquête d'un autre royaume.

Le géant, en entendant ces mots, poussa un éclat
de rire qui fit trembler la terre. Puis, prenant le
prince du bout de deux doigts pour ne pas le bles-
ser, il le mit dans une cage qui était près de lui,
en disant :

— Tu es petit, c'est vrai!... mais je vais t'en-
graisser pour te manger à un déjeuner où je n'aurai
pas grand faim : c'est là le royaume que tu peux
t'attendre à conquérir.

Puis, ayant parlé ainsi, le géant se redressa, et,
tenant la cage à la main, il s'avança vers son antre,
qui était une caverne si haute, qu'elle touchait le

ciel, et d'où il sortait un bruit et une fumée si effroyables, qu'on se croyait à l'entrée des enfers.

Cet affreux monstre n'était autre chose que Polyphème, le père des Cyclopes et leur commandant en chef.

Comme il marchait avec sa proie, le géant s'arrêta tout à coup en présence d'une apparition étrange. C'était une jeune fille pâle, maigre, jaune en un mot, un véritable squelette vivant, qui lui souriait avec mélancolie.

— Te voilà donc enfin aujourd'hui? dit Polyphème en adoucissant sa voix le plus qu'il lui fut possible.

— Oui... répondit d'une voix de tonnerre, c'est-à-dire tout à fait semblable à celle du géant, la jeune fille.

— Eh bien! à présent que me veux-tu? demanda le Cyclope.

— Tue... répondit la singulière jeune fille en montrant le pauvre Thésée, et joignant un regard suppliant à ses paroles.

— Par Jupiter, sois tranquille, fit Polyphème en haussant ses énormes épaules avec un certain dé-

dain, il ne perdra rien pour attendre. Seulement je
le trouve un peu trop maigre pour le manger maintenant, car, si j'aime la chair fraîche, je l'aime grasse
aussi ; c'est pour cela que tu vis sans danger sur
mes terres ; mais je le tuerai quand il sera à point.
Adieu donc, ma petite Écho, ton bon petit cœur de
pierre me plaît fort aussi ; foi d'ogre et de géant,
je t'aime...

— Je t'aime !... reprit encore Écho en détournant la tête avec horreur ; puis, pour cacher les
larmes qui la couvraient, la pauvre fille se sauva
au fond des bois.

Hélas ! comme tout change en ce monde !...

Jadis Écho était une jeune nymphe fraîche,
blonde, rose et joyeuse, qui dansait, qui chantait
et qui malheureusement parlait du matin jusqu'au
soir, et, comme toujours les bavardes sont indis-
crètes, elle eut la sottise de tenir un propos assez
léger sur Sa Majesté Junon première ; elle avait dit,
je crois, que la reine portait de faux cheveux, propos
qui fut saisi au vol par la police de l'Olympe et
dénoncé à la souveraine du céleste empire, laquelle,
orgueilleuse comme une simple mortelle, en prit

un si violent dépit, qu'elle en tira une vengeance digne des dieux, en condamnant la pauvre Écho à toujours se taire pour son compte et à répéter seulement le dernier mot de tout ce qui était dit par les autres.

Alors la malheureuse Nymphe au désespoir quitta la cour pour aller se cacher dans la campagne, espérant ainsi bientôt mourir de son silence forcé ; mais, comme les Nymphes sont immortelles, la mort n'osa pas s'approcher, et elle devint laide, sèche et glacée pour toujours, sans pouvoir espérer un terme à son supplice, ce qui doublait encore ses maux.

Heureusement pour l'ingrat Thésée que M. Polyphème était beaucoup trop occupé en ce moment pour lui porter une attention bien grande, aussi, après avoir accroché dans un des coins de sa grotte la cage qui renfermait le prince, et lui avoir jeté quelques côtelettes de mouton, des fruits et des coquillages pour le nourrir, il s'en alla sur le bord de la mer attendre l'apparition charmante qui en ce moment absorbait toutes ses pensées.

Mais, pendant que Thésée au désespoir cherche à se sauver du guêpier dans lequel il est tombé, et que Polyphème va rêver aux oiseaux au lieu de mieux garder sa capture, faisons plus ample connaissance avec cet affreux géant.

Un jour la Terre, de très-mauvaise humeur, s'ouvrit, et il en sortit Polyphème, ce qui prouve comme toujours, enfants, que de la maussaderie il ne peut jamais rien naître de bien !... Donc Polyphème vint au monde avec la laideur la plus monstrueuse et les vices les plus horribles, car il ne se plaisait qu'au mal. Pourtant madame sa mère, qui lui destinait une part d'héritage plus que belle, lui donna, en attendant, l'administration de ses troupeaux, ce dont il s'acquittait, sans médisance, assez mal; car, au lieu de mener tranquillement paître ses brebis dans les prairies verdoyantes, il les abandonnait aux chiens, et s'amusait tantôt à poursuivre dans le fond des forêts les tigres et les ours les plus féroces, qu'il s'occupait, après les avoir pris, à apprivoiser comme des petits chiens de marquise, jusqu'au moment où, fatigué de ces animaux, il leur tordait le cou et les croquait comme des alouettes sans les rôtir; tantôt à guetter les voyageurs sur les routes; malheureux voyageurs qu'il enlevait, qu'il engraissait et qu'il dévorait après, pour compléter le repas qu'un tigre ou un ours ne faisaient qu'ébaucher.

Mais, un jour qu'il digérait, couché sur le bord de la mer, deux hommes et trois ours qu'il avait mangés à son dîner, il vit s'élever au-dessus des flots la plus jolie petite Naïade qu'il soit possible d'imaginer.

Ses longs cheveux blonds tombaient en cascade sur ses épaules, et descendaient jusqu'à ses pieds, qui semblaient en marbre tant ils étaient blancs, et avaient de plus des ongles de nacre rose, et ils étaient si petits, qu'on les eût pris pour ceux d'un enfant. Et pour comble de beauté, avec ses cheveux la jolie Naïade avait de grands yeux de velours noir, une bouche de cerise, et un petit nez retroussé tout à fait gentil.

— Oh !.. ah ! exclama le géant à cette vue en se redressant sur ses pieds comme un énorme obélisque, par la barbe de Jupin, je n'ai jamais vu un si joli minois que le vôtre, mademoiselle... mademoiselle... comment vous nomme-t-on, je vous prie ?...

— Galatée, monsieur, fit la jeune fille en souriant, car un compliment fait toujours plaisir, n'importe de qui il vienne... Puis, comme le géant s'avançait pour offrir sa laide main velue afin de l'aider à sortir de l'eau, elle fit un plongeon et disparut à ses yeux, au grand ébahissement de Polyphème, qui pourtant ne perdit pas l'espoir de revoir dans un moment ou dans un autre le charmant objet dont son souvenir était rempli.

— Je suis jeune, je suis garçon et je suis beau, se disait l'affreux monstre dont la vanité était un des péchés mignons ; je fais avec tout cela un mari fort enviable, que cette péronnelle sera trop heureuse d'accepter. Ce qu'elle fait en me fuyant, ce n'est donc que coquetterie pure ; attendons...

Et en attendant Polyphème, négligeant le soin de ses troupeaux, oubliant de poursuivre les bêtes féroces et d'enlever les voyageurs, passait des journés entières sur le bord des fontaines à faire sa toilette pour se rendre plus gentil ; peignant sa grosse chevelure avec un énorme râteau de fer pour se faire une raie sur le côté ; taillant à l'aide d'une faux sa barbe longue et touffue, nettoyant ses dents noires avec du chêne taillé en palette; en un mot s'adonisant le mieux possible. Puis, après avoir fait cette toilette il inclinait sa tête et son œil vers le cristal de la fontaine, s'admirait, se souriait, se faisait des petits airs de tête qui prouvaient qu'il se trouvait charmant.

Mais ce n'était pas tout que se plaire! il fallait que Galatée partageât ce sentiment; aussi il s'élançait alors sur le bord de la mer où s'était montrée la belle nymphe des eaux et à l'aide de la musette à cent tuyaux qu'il avait inventée à cette occasion, il s'en allait faire répéter à la pauvre Écho, soit des airs tendres, soit des poésies fort aimables dans le genre de celle-ci :

De mon esprit et de mon cœur
Galatée est la souveraine.
Plus leste qu'un chevreuil, et plus droite qu'un chêne,
Elle efface, au printemps, l'éclat et la blancheur
De l'églantine et du troène;
Le lait pur a moins de douceur.

. . . .

Enfin, une foule de choses pas trop mal tournées du tout, et dont le Cyclope avait croqué l'auteur, afin qu'il ne pût pas lui disputer l'honneur de cette œuvre.

11

Mais Galatée qui entendait tout cela en riait au fond des eaux avec ses compagnes et se gardait bien de se montrer, car, malgré toutes les richesses que possédait ce galant monstre, comme elle était une honnête fille, elle ne se souciait pas du tout de prendre le géant Polyphème pour mari.

Mais un beau jour, voici qu'une tempête horrible bouleversa les eaux de fond en comble et jeta aux pieds du poétique géant, non la naïade objet de ses chants, mais une barque tout entière remplie de soldats trempés et tremblants.

De la fortune on prend toujours ce qu'elle vous offre!... aussi, faute de Galatée, Polyphème ramassa sur le sable la troupe de guerriers qui y était tombée et la mettant dans sa poche pour la sécher, il courut l'enfermer dans l'antre affreux où il rentrait chaque soir ses troupeaux et où se trouvait aussi la cage de Thésée.

— Qui est là?... s'écria le prince grec quand l'ogre fut parti, car, vivant depuis longtemps dans l'obscurité, il y voyait aussi bien que s'il eût été un chat, et il apercevait donc des soldats étendus presque sans vie dans la fange de boue et de sang

humain qui formait le parquet de l'antre de Polyphème.

L'un des guerriers, celui qui paraissait le moins
mouillé et le moins abattu leva vivement la tête en
entendant cette voix qui semblait sortir des pierres.

— Au nom de Pluton, qui es-tu toi-même?...
répliqua-t-il en répondant à une question par une
autre comme cela se fait trop généralement.

— Je suis Thésée, fils d'Égée, roi des Grecs, répondit l'époux ingrat d'Ariane, pensant qu'une
confidence devait naturellement en amener une autre; aussi, ajouta-t-il aussitôt, maintenant tu vois
que tu peux me dire qui tu es?...

— Ainsi vais-je faire, répliqua le chef des soldats en se levant pour chercher à découvrir celui
qui lui parlait; mais, n'y parvenant pas, il continua
ainsi tout en jetant ses regards autour de lui à
l'aventure: — Je suis Ulysse, roi d'Ithaque; je reve-
nais du siége de Troie avec le reste de ma bande
afin de regagner mon royaume, où ma pauvre
femme Pénélope passe les jours et les nuits à faire
de la tapisserie en m'attendant; mais les dieux,
que les Furies puissent tous étrangler jusqu'au

dernier, nous ont jetés sur cette côte inhospitalière où nous risquons fort d'être dévorés au premier jour...

— Comme avec irrévérence parle des dieux ce
maraud !... murmura Thésée scandalisé du sans-
façon avec lequel s'exprimait Ulysse, tandis que
celui-ci continuait ainsi :

— Mais, par Cerbère ! où diable êtes-vous donc,
vous que j'entends marmotter je ne sais quoi et
que je ne peux pas voir ?

— Je suis dans une cage accrochée contre le mur,
répondit le prince avec une certaine honte.

Un grand éclat de rire accueillit ces paroles.

— Et que faites-vous dans une cage, mon bel oiseau ?... demanda le père de Télémaque quand son
hilarité fut un peu calmée. Voilà une singulière
idée que la vôtre !...

— Comment ! vous croyez que cette idée est la
mienne ?... s'écria Thésée en colère ; vous me prenez donc pour un oison, monsieur de la tapisserie ?
Sachez que c'est l'ogre qui m'y a mis pour m'en-
graisser, parce qu'il m'a vu si blanc et si jeune,
qu'il compte festoyer avec moi un jour de fête ;

tandis qu'il ne vous trouve bon que pour ses jours
de jeûne, j'en suis certain, puisqu'il vous a jeté sur
le sol sans plus de précaution que si vous étiez des
choux ou des carottes.

Ces paroles donnaient si tristement à penser aux
soldats que leur gaieté s'envola sur-le-champ. Et
Ulysse, qui était fort sage, pensant que l'union fait
la force, et commençant à apercevoir la cage où
était enfermé le jeune prince, s'en approcha le
chapeau à la main pour lui demander pardon ; mais
Thésée profondément blessé dans son amour-propre, lui tourna le dos sans vouloir lui répondre.

Comme le roi d'Ithaque allait insister avec courtoisie, il entendit un grand bruit. Pensant que c'é-
tait le Cyclope qui rentrait chez lui, il retourna se
coucher à côté de ses compagnons, recommandant à ceux-ci de faire semblant d'être plongés
dans un profond sommeil. Ulysse ne s'était pas
trompé, c'était en effet Polyphème qui revenait
voir son gibier, et il était pour le moment en assez
joyeuse humeur, car Galatée avait eu la bonté de
se montrer un instant sur l'eau pour lui envoyer
du milieu des ondes le plus coquet petit bonjour.

Aussi entra-t-il en riant auprès de ses victimes.

— Et comment vous va, petits? leur cria-t-il avec une grimace horrible qu'il croyait un gracieux sourire; venez que je vous compte et que je voie l'état de vos côtes; car je vais bientôt m'unir à l'objet de ma flamme, comme disent les fabricants de chansonnettes, et je vous fais l'insigne honneur de vous destiner au banquet de mes fiançailles, donc venez çà pour que je m'assure si vous êtes en bon état.

— Vous avez raison, seigneur, vous nous ferez en nous croquant beaucoup d'honneur!... dit Ulysse en grimpant le long de la jambe du géant pour le saluer de plus près.

Polyphème, à qui l'escalade d'Ulysse faisait éprouver une démangeaison semblable à celle qu'une fourmi cause à un homme, porta vivement la main à sa jambe, et, y prenant Ulysse, il l'éleva jusqu'à son œil pour mieux l'examiner.

Le héros grec sans s'effrayer fit alors un profond salut.

— Le drôle de petit homme!... exclama Polyphème en ouvrant pour rire une si large bouche

qu'Ulysse crut se trouver auprès d'un gouffre horrible prêt à l'engloutir; puis le Cyclope, posant
le roi d'Ithaque sur son genou et le caressant
comme on fait d'un petit animal curieux et gentil,
lui demanda d'une voix aussi douce que cela lui fut
possible :

— Comment te nomme-t-on, petiot?...

— On me nomme Personne, pour vous servir,
monsieur, répondit Ulysse en criant de toutes ses
forces afin de se faire entendre.

— Tu t'appelles Personne! exclama le monstre
en riant de plus belle, eh bien, tu as là un drôle
de nom par exemple !...

— Pas si drôle que vous pensez, seigneur, et vous
verrez plus tard combien je suis heureux que l'on
m'appelle ainsi, fit le sage Ulysse d'un air capable;
mais, ajouta-t-il, si Votre Grandeur veut que je lui
raconte quelque jolie histoire, j'en sais qui sont
capables de faire dormir debout le monde entier,
et je me mets à la disposition de Votre Seigneurie.

— Tiens!... je le veux bien! fit Polyphème en
bâillant; je suis un peu fatigué, et un petit somme
me ferait grand bien; seulement, ajouta-t-il, comme

je ne sais pas écouter sans boire, je vais t'asseoir sur ma table; tiens-toi bien pour ne pas tomber;... puis commence-moi les contes, pendant que je vais me rafraîchir à ta santé.

Et le géant, ayant posé Ulysse sur sa table, prit dans sa large main un énorme tonneau dont il se mit à déguster le contenu en véritable connaisseur.

— Est-il bon, ce vin, seigneur? demanda Ulysse en souriant.

— Tu vas en juger toi-même, répondit Polyphème en versant un peu du contenu de la tonne dans une monstrueuse bassine qui lui servait de petit verre...

Puis comme, au risque de s'y noyer, Ulysse s'empressait de tremper ses lèvres dans la belle liqueur vermeille, il lui demanda en souriant :

— Eh bien, l'ami, que me dis-tu de ce petit mâcon?

— On n'en boit d'aussi bon que chez Agamemnon, fit le sage Ulysse en s'inclinant profondément.

— Eh!... eh!... je le crois bien!... Il n'est pas jeune, dà!... On pourrait le dater du temps des Argaunotes!... dit le Cyclope de belle humeur;

puis il ajouta, en levant gaillardement le tonneau
vers sa bouche et se penchant pour en avaler le
contenu à grands flots; mais raconte-moi donc les
contes que tu m'as promis, seulement je t'annonce
que, s'ils m'ennuient, je te mangerai sur-le-champ
pour me distraire, car je me sens quelques tiraille-
ments d'estomac qui m'annoncent que je pourrais
bien avoir faim.

Le roi d'Ithaque, qui savait qu'il est fort peu
poli de se laisser dire deux fois la même chose,
commença aussitôt la narration qui lui était demandée.

D'abord il raconta l'enlèvement de la belle Hélène; puis il fit le récit du siége de Troie, il vanta
le courage d'Achille, la sagesse de Nestor, l'adresse
du roi des rois Agamemnon ; bref, il parla si lon-
guement et si bien, que, la grosse tonne de vin de
Mâcon aidant, Polyphème tomba dans un profond
et bruyant sommeil.

— Vite, vite, mes amis! s'écria alors Ulysse en
sautant au bas de la table, au risque de se rompre
le cou; voici notre ennemi qui ronfle comme un
porc, profitons de son sommeil pour nous en dé-

11

faire et nous sauver ainsi du sort cruel auquel, dans sa barbare gloutonnerie, il nous avait tous destinés.

Et, tout en parlant ainsi, le roi d'Ithaque s'empare d'un pieu énorme, et d'un bras vigoureux le lance avec une adresse sans pareille dans l'œil fermé de Polyphème, où il pénètre comme dans une terre fraîchement labourée.

Alors le géant, appesanti par le vin, étourdi par le sommeil, égaré par la douleur, parcourt en trébuchant sa caverne qu'il fait retentir de ses cris et de ses blasphèmes.

Au bruit terrible de ses hurlements, les Faunes, ses voisins, accourent avec empressement pour le secourir.

— Qui vous a blessé ainsi? lui demandent-ils à la vue du sang qui couvre son affreux visage.

— C'est Personne!... répond le monstre en rugissant.

Et, en l'entendant parler de la sorte, les honnêtes Faunes croyant que, dans le délire de l'ivresse, il se sera crevé lui-même son œil unique, se retirent avec autant d'empressement qu'ils en avaient mis à accourir, dans la crainte de devenir eux-mêmes les victimes de sa brutalité.

Pendant que ceci se passait, Ulysse et ses compagnons, pour éviter d'être attrapés par les longs bras que le géant étendait autour de lui, afin de les saisir, s'étaient cachés parmi les moutons du Cyclope, lesquels, à l'image de leur maître, étaient beaucoup plus grands et plus gros que les moutons ordinaires, et tenaient plutôt de l'éléphant que de l'espèce dont ils faisaient partie, aussi leur servaient-ils véritablement de rempart contre la fureur de l'ogre, pour le moment du moins.

Mais heureusement pour tous que le sage Ulysse, qui n'était jamais à court d'expédients, imagina celui-ci :

Ayant remarqué que Polyphème, tout en marchant à tâtons, ne portait jamais sa main que sur le dos de ses brebis, il fit signe à ses compagnons de l'imiter, et s'attacha très-solidement sous le ventre du bélier, chef du troupeau. Les soldats le comprirent aussitôt, et chacun, à bas bruit, s'étendant sous le ventre d'un mouton, s'y noua le plus solidement qu'il put, s'en rapportant au destin et à

Ulysse pour la conduite de l'entreprise. Ce à quoi
ni l'un ni l'autre ne firent défaut, car dès le point
du jour, et voyant ses tentatives vaines pour retrouver celui qui lui avait joué un si vilain tour, le
fils de la Terre, ayant voulu faire sortir son troupeau
pour être plus libre de gambader plus à son aise,
entr'ouvrit légèrement la porte, se mit dans l'en-
tre-bâillement, et fit passer un à un chaque mouton
entre ses jambes, en ayant soin de lui glisser encore
la main sur le dos, de la tête à la queue, avant de
le laisser sortir ; mais toutes ses précautions furent
vaines ; chaque mouton emportait un soldat grec ;
Ulysse, sous le bélier, passa le dernier, et quand
le monstre ferma sa porte à triple tour, croyant
enfin tenir sa vengeance, les oiseaux étaient dé-
nichés.

Polyphème, rentré dans sa caverne avec la soif
du carnage et l'espoir de se venger cruellement de
son accident, fut longtemps à se douter que ses prisonniers avaient été plus fins que lui, aussi poussa-
t-il des hurlements de fureur quand il entendit retentir dans la plaine les cris joyeux des soldats qui
se sauvaient à toutes jambes pour gagner le rivage.

Écumant de rage, il veut se mettre aussitôt à leur poursuite ; mais il s'est enfermé en rentrant dans son antre, et il ne retrouve plus la clef pour en ouvrir la porte. D'abord il cherche par terre, autour de lui, croyant qu'elle a pu tomber ; mais, voyant que c'est en vain, il se jette comme un forcené contre l'obstacle qui l'arrête, brise le bois et le fer sous sa main terrible ; sort en courant, heurte et renverse les arbres, les rochers, les collines, et d'un bras désespéré, arrachant le sommet d'une montagne, il le lance à l'aventure, car, privé de la vue, il n'agit qu'à l'aveuglette, dans la vallée où l'indiscrète Écho répétait les cris de triomphe des soldats grecs fugitifs.

La masse tombe... le vallon disparaît... mais les soldats sont sauvés.

Ils avaient eu le temps heureusement de se jeter dans leur barque, que la mer avait relevée et remise à flot.

Le monstrueux Cyclope, tout haletant, s'arrête un moment pour respirer, se croyant victorieux de ses ennemis, qu'il pense avoir écrasés sous sa roche. Mais tout à coup un chant joyeux, dont cette sotte et éternelle rapporteuse murmure à ses oreilles les dernières notes, lui apprend que les fugitifs voguent à pleine voile sur les ondes amères qui les avait rejetés d'abord dans un moment de furie.

Alors sa colère redouble, et il s'élance dans la mer à la poursuite des fugitifs, les atteint, ouvre ses immenses bras, prend le vaisseau, brise les mâts et les voiles ... Les malheureux vont périr,... quand la gentille Galatée, qui en ce moment prenait ses ébats avec ses compagnes sur les flots, voit leur danger, et, émue de pitié, prononce d'une voix aussi mélodieuse qu'une harpe touchée par une main légère :

— Bonjour, mon petit Polyphème... comment vous portez-vous?...

A cette voix, à ces paroles aimables, le géant, le cœur palpitant, sans qu'il y prenne garde, ouvre sa large main, d'où le navire s'échappe, et il se retourne avec joie pour saluer la belle Naïade ; mais, hélas!... son œil crevé lui refuse la lumière ;... il est aveugle tout à fait,... il ne peut donc voir celle qu'il aime; alors de nouveau le désespoir s'em-

parc de lui, et, croyant reprendre le sage Ulysse,
auteur de tous ses maux, il se jette sur des écueils
où il se brise complétement, sans que sa mère
puisse le sauver; car en ce moment il était sur le
domaine humide du roi Neptune, ennemi juré de
madame la Terre, et ami, au contraire, de M. Apollon qui avait une grosse dent de lait contre le Cyclope, l'accusant d'avoir lui-même forgé la foudre
avec lequel le seigneur Jupiter avait foudroyé son
fils Esculape.

— Alors, mon bon ami, le méchant ogre fut tué?...
demanda Thérèse en ouvrant de grands yeux inquiets
comme si elle ne se trouvait pas assez sûre de son
affaire.

— Oui, mon enfant, oui, lui répondit maître
Pierre en souriant, puisqu'il s'est brisé sur les rochers, ainsi que je viens de te le dire.

— Et Ulysse et ses soldats?... demanda Lucien
à son tour.

— Ils furent sauvés pour cette fois; mais ils n'é-
taient pas encore au bout de leurs aventures les
malheureux!... fit maître Pierre.

— Racontez-nous cela,... racontez-nous cela,...

s'écrièrent tous les enfants à la fois en joignant leurs
petites mains comme pour donner plus de force à
leur prière.

— Pas aujourd'hui, par exemple ; mais une autre fois, interrompit la tante Dorothée en interposant
son autorité, car vous êtes vraiment trop indiscrets ;
voici plus d'une heure que notre ami parle sans
s'interrompre, et vous ne pensez pas seulement
qu'il peut être fatigué...

Maître Pierre se prit à rire, en entendant sa vieille
amie s'exprimer de la sorte, car il songeait qu'elle-
même parlait bien plus longtemps souvent sans
montrer de lassitude, au contraire ; mais, trop
poli pour faire partager son idée à personne, il
se contenta de saluer courtoisement son charitable
défenseur.

— Mais, mon ami, vous ne nous avez pas dit ce
qu'était devenu Thésée dans toute cette bagarre ?...
demanda alors mademoiselle Germaine avec le petit
air pincé qui lui était habituel.

— C'est vrai !... répondit maître Pierre aussitôt,
et je m'accuse très-coupable de cet oubli ; mais je
n'avais pas grand'chose à vous dire sur ce person-

nage peu intéressant ; car il est resté dans sa cage, où sans doute il y est mort de faim.

— Ce qui vous apprendra, mes enfants, dit la tante Dorothée d'un ton sentencieux en rajustant ses lunettes sur son nez, qu'une mauvaise action est toujours punie ; car, si, au lieu d'avoir lâchement abandonné sa femme Ariane, qui, j'en conviens, s'était fort mal conduite avec son père Minos, mais qui, en définitive, lui avait rendu un très-grand service à lui-même, en l'empêchant d'être dévoré par le minotaure, il était resté dans cette île où M. Trainquefort, autrement dit Bacchus, avait retrouvé son infortunée compagne, il eût pu faire le commerce avec ce dieu, gagner beaucoup d'argent, avoir beaucoup d'enfants, et qui sait? peut-être devenir immortel à son tour. Tandis que vous trouvez cela joli, n'est-ce pas, de mourir de faim dans une cage comme un oison?...

— Mais, ajouta-t-elle, voilà l'heure qui marche et le moment de rentrer qui arrive. Allons, vite, en route, et si vous êtes bien sages, jeudi prochain maître Pierre vous racontera encore une autre histoire bien plus jolie que celle-ci.

— Est-ce vrai, mon bon ami?... exclamèrent tous les enfants en frappant joyeusement leurs petites mains l'une contre l'autre.

— C'est vrai!... mais retenez bien la condition, fit maître Pierre, qui est que vous serez bien sages!...

— Oui... oui... s'écria le gentil troupeau ravi d'aise.

Puis l'on se mit gaiement en route.

LA CRUCHE ENCHANTÉE

LA CRUCHE ENCHANTÉE

Huit jours après, notre jeune et joyeuse bande
fit halte dans le creux d'un vallon, au fond duquel
coulait un petit ruisseau. Le vallon était serré, et
ses flancs escarpés, à partir du bord du ruisseau
jusqu'au sommet de la colline, se cachaient sous
des touffes épaisses de verdure, terminées par des
massifs de noyers et de marronniers auxquels se
mêlaient quelques chênes et quelques érables. Le
feuillage de toutes ces branches entre-croisées, se
mariant et se confondant au-dessus de l'eau, don-

naient assez d'ombre pour produire, quoiqu'on fût au cœur de l'été, une sorte de crépuscule en plein midi. Mais depuis que l'automne avait pénétré dans cette retraite mystérieuse, la sombre verdure que nous venons de décrire avait pris un aspect doré, et loin d'obscurcir le vallon, semblait réellement l'éclairer de ses brillantes nuances. On eût dit que ces feuilles d'un jaune éclatant avaient retenu au milieu d'elles les rayons du soleil, et qu'elles répandaient une teinte lumineuse sur le ruisseau dont elles jonchaient les bords. Ainsi, bien que l'été eût fait place à l'air froid et aux journées brumeuses, ce petit asile, ordinairement si ombreux, paraissait tout inondé de lumière.

Le ruisseau serpentait dans son lit d'or, ici se reposant pour former une petite mare où les alouettes s'ébattaient joyeusement ; là-bas poursuivant sa course comme pressé d'arriver à la Seine, sa mère ; puis, se ralentissant tout à coup, il se heurtait contre un tas de grosses pierres avec un fracas et un bouillonnement qui eussent prêté à rire à un observateur en montrant la révolte orgueilleuse de ce même filet d'eau contre cette digue inat-

tendue ; puis, cet obstacle franchi, le paisible ruisseau, affectant des airs de torrent, entonnait son
chant de victoire, jusqu'au moment où, se rappro-
chant de la ville et entendant le bruit d'une troupe
d'enfants qui accouraient vers lui, il se hâtait de fuir
tout en se cachant sous la roue babillarde d'un
moulin pour ne pas être découvert.

La tante Brigitte, maître Pierre et les enfants
avaient choisi ce vallon charmant pour faire leur
halte accoutumée ; et d'abord leur premier soin fut
de déballer des paniers chargés de friandises et de
les arranger avec soin sur des troncs d'arbres ou
des branchages couverts de mousse pour faire leur
goûter ; ensuite ils se livrèrent avec une joie
bruyante à ce repas.

Quand il fut terminé, aucun d'eux ne se sentant disposé à s'éloigner, chacun s'étendit sur
l'herbe, et d'une voix unanime on réclama le
conte promis par maître Pierre.

— Avez-vous tous été bien sages ? demanda l'honnête contre-maître en jetant un coup d'œil inqui-
sitorial sur tout son jeune auditoire.

— Oui... oui, mon bon ami... s'écria-t-on de

de toutes parts ; mais ce *oui* qui était plus ou moins
accentué avec gaieté et franchise résonna différem-
ment aux oreilles de l'excellent homme qui feignant de ne pas comprendre ces nuances compro-
mettantes, voulut bien consentir à raconter l'histoire suivante :

Tout était en joie, un certain jour à la cour *céleste*, car ce même jour on célébrait les noces de la
jolie Thétis, charmante brune au nez retroussé,
avec M. Pélée, grand personnage de ce temps-là.

D'abord le matin, on avait amusé tous les dieux et
même plusieurs des déesses, que la toilette n'absorbait pas entièrement, à l'aide de jeux olympiques
exécutés par quelques mortels de choix, que M. Vol-
au-Vent, le commis voyageur de l'Olympe, avait été
engager à cette intention, et que le gros bouffi
Éole, avec quelques-uns de ses vents adroitement
lâchés sous des parachutes, avait consenti à trans-
porter gratis.

La lutte avait commencé dès que mademoiselle
Aurore avec ses jolis petits doigts de rose avait tiré
le rideau qui couvrait le lit de M. du Soleil, dont
elle était la première femme de chambre ; et Jupiter

sait si la présence de ce personnage était importante à la fête, lui, l'entrepreneur général de
l'éclairage du monde, d'abord pour y voir clair,
puis ensuite pour n'y pas grelotter ; puisqu'il
joint les calorifères aux lumières, car ceux qui
se livraient à ces jeux olympiques luttaient absolument vêtus comme notre premier père quand
il sortit des mains du Créateur, costume fort peu
chaud par lui-même, vous en conviendrez sans
peine.

Il est vrai qu'on leur frottait tout le corps avec
de l'huile pour leur donner plus de souplesse d'une
part, et de l'autre, donner moins de prise à leurs
adversaires ; ce qui était gras et non chaud ; aussi
M. du Soleil ne devait-il pas être de trop pour réparer ce qui leur manquait en ce genre.

Après la lutte il y avait eu la course au char, prix
qui fut remportée, m'a-t-on dit, par un certain Hippolyte, espèce d'ours vivant dans les forêts et plus
aimé des loups que de ses serviteurs ; aussi fut-il
couronné d'une façon assez maussade par madame
Cybèle, grosse maman très-négligée dans sa mise,
puisqu'elle portait sur elle, et cela pêle-mêle, des

12

choux, des porreaux, des carottes, du fumier, du foin et de la paille.

Elle arracha une poignée du laurier qui sert à décorer les jambons, et qui figurait dans sa coiffure ; puis, avançant la lèvre et la main d'une façon fort significative, elle dit au farouche vainqueur :

— Voilà, mon bon ami, ce qui pare le sanglier et ce qui vous plaira sans doute ; adieu donc, et au plaisir de vous revoir, en attendant que Jupin vous conduise.

Hippolyte salua gauchement en grommelant, prit le laurier sauce qui lui était offert, et alla se cacher sous sa tente.

Après la course en char vint le ceste, le plus pénible et le plus dangereux de tous ces exercices, si dangereux et si pénibles déjà. Ainsi les combattants étaient armés de gantelets fabriqués avec plusieurs cuirs plombés appliqués l'un sur l'autre, et dont un seul coup bien frappé sur la tête eût suffi pour assommer un bœuf; et les joueurs cherchaient toujours à arriver à la tête de leur adversaire, car il fallait vaincre à tout prix.

Puis, après le disque, dont le prix fut disputé

par une foule de jeunes Athéniens qui s'en tiraient
on ne peut mieux, vint pour le bouquet Milon de Cro-
tone, le plus fort de tous les athlètes de ce temps,
qui chargea sur ses épaules un énorme taureau
de quatre ans, dansa, ainsi chargé, un fandango et
une bourrée, tout cela sans prendre haleine, puis
tua le taureau qu'il portait d'un coup de poing, le
dépouilla, le dépeça, le fit rôtir et le mangea tout
entier séance tenante, aux applaudissements fréné-
tiques de la foule enthousiasmée.

C'étaient surtout les petites déesses les plus mignonnes et les plus fluettes qui applaudissaient le
plus fort, car à ce moment tout l'Olympe était
réuni, et les déesses, vêtues comme des princesses,
s'amusaient de tout leur cœur à ces jeux, défen-
dus sur la terre aux personnes de leur sexe, puisque
les femmes étaient exclues des jeux olympiques
sous peine de mort.

On dit pourtant, mais je vous le répète tout bas,
car ce sont peut-être des mauvaises langues qui ont
fait courir ce bruit, que souvent cette loi fut violée,
et que non-seulement beaucoup de femmes y assis-
tèrent déguisées en hommes, mais encore que plu-

sieurs osèrent entrer en lice, et, ce qui est plus fort, quelques-unes y remportèrent le prix!... vous pensez bien que je ne crois pas un mot de tout cela!...

. La journée tout entière se passa dans ces divers amusements ; puis quand M. du Soleil, fatigué de s'être réveillé de bonne heure, se leva pour rentrer chez lui au sortir de l'amphithéâtre, chacun se trouva très-satisfait en entendant les petits dieux en sous-ordre annoncer d'une voix de laquais de bonne maison.

Que Leurs Excellences les dieux et les déesses étaient servis.

On se mit à table, gaiement et tout le monde se promettait de boire et de manger de tout son cœur, quand, à peine le nectar fut-il versé par le petit Ganymède à Sa Majesté Jupiter, lequel portait la coupe à ses lèvres avant de donner le signal que l'on attendait pour commencer le repas, la porte de la salle du banquet fut ouverte avec fracas, et une femme fort laide, les yeux rouges, les cheveux entremêlés de serpents et la bouche écumante, descendit d'un gros nuage tout noir et se présenta les poings fermés.

— Eh bien, vous êtes gentils de ne pas m'inviter à la noce!... dit-elle d'une voix aigre et criarde, vous avez cru que je ne le saurais pas peut-être, mais je le sais, et me voilà...

— Ne vous en prenez qu'à vous-même, ma fille, si vous êtes exclue de ces lieux, lui dit alors le grand Jupin avec une noble fermeté, car vous apportez toujours la dispute avec vous...

— La dispute... interrompit vivement mademoiselle la Discorde d'un ton rogue, vous êtes injuste pour moi, seigneur, et pour vous prouver que je suis calomniée et rien de plus, je vais vous montrer le présent que j'apportais à la mariée que vous fêtez, comme preuve de mon amitié pour elle.

Et en parlant ainsi la méchante fille lança sur la table une très-belle pomme, et, remontant dans son nuage, elle s'éloigna en grommelant.

— Ne touchez pas à ce fruit empoisonné!... s'écria Jupiter en allongeant la main pour s'emparer de la pomme.

Mais madame Junon, qui par droit de son rang se trouvait à ses côtés fut plus adroite, et saisissant le fruit vermeil entre ses doigts mignons :

12.

-- Voyons donc, dit-elle, si les pommes de cette vilaine fille sont aussi laides qu'elle?... Mais il il y a une inscription, ajouta-t-elle en avançant le fruit vers ses yeux : *A la plus belle !*... En vérité, la Discorde s'est trompé d'adresse, car alors cette pomme serait pour moi.

— C'est vous qui vous trompez, ma sœur, elle est pour moi!... dit avec gravité une belle jeune femme portant un hibou sur le poing et un casque sur la tête, et avançant la main à son tour pour reprendre le fruit que tenait toujours Junon.

Mais celle-ci se recula avec dépit afin de conserver sa proie.

— Ma sœur, Minerve, et vous ma chère Junon, vous êtes toutes les deux dans l'erreur, car cette pomme m'est destinée, s'écria madame Vénus ; ne suis-je pas la déesse de la beauté?... c'est donc à moi que la Discorde destinait son offrande.

— Vous n'êtes qu'une sotte, ma très-chère, reprit Minerve, de croire que parce que vous régnez sur la beauté, vous en possédez l'avantage !... La Discorde me regardait en jetant cette pomme ; c'est donc à moi qu'elle la destinait...

— Je vous dis que c'est à moi!... interrompit la reine Junon d'une voix fort impérieuse, et comme je la tiens, je la garde...

Alors Jupiter se leva d'un air digne et prenant résolûment la pomme : — Personne ne l'aura sans un jugement, dit-il ; seulement, comme ici chacune des concurrentes a des amis dévoués, que la justice ne serait pas rendue alors avec impartialité, mon ami Vol-au-Vent va partir pour chercher sur la terre quelqu'un à qui vous serez parfaitement inconnues ; puis, lui dissimulant votre puissance, vous vous présenterez devant lui, et il choisira à qui de droit revient la pomme; mais dînons en attendant, car je meurs de faim, ajouta-t-il en s'asseyant et portant la coupe à ses lèvres pour boire le nectar à la santé des nouveaux mariés.

Mais la gaieté s'était envolée avec le nuage noir de la laide mégère, aussi le repas fut-il fort triste ; et, aussitôt après sa fin, chacun se retira chez soi de très-maussade humeur.

Le lendemain de ce jour à jamais célèbre, l'alerte Vol-au-Vent, et cela avant que mademoiselle Aurore, ce gentil réveil-matin de l'Olympe, ne fût sortie de son lit de brouillard, ramena chez eux, toujours avec l'aide d'Éole, et dans un omnibus aérien, tous les jeunes Athéniens qui la veille avaient amusé les dieux avec leurs jeux terribles ; puis il commença ses recherches pour trouver le juge impartial chargé de choisir entre les trois rivales laquelle méritait le mieux la pomme de beauté.

Après un fatigant voyage, dont l'odyssée serait beaucoup trop longue à raconter, et trop triste surtout, l'envoyé de maître Jupin ayant échoué par tous pays, en avait pris un découragement extrême ; car, lorsqu'il croyait avoir trouvé son homme, et qu'il lui disait ceci d'une façon aussi insidieuse qu'adroite :

—Monsieur, j'ai une pomme de beauté à donner à la femme qui est véritablement la plus belle entre toutes ; vous chargez-vous de ce jugement ?...

— Oui, monsieur, répondait aussitôt celui-là, et j'ai sous la main votre affaire ; madame mon épouse étant sans contredit celle qui mérite par ses charmes le prix que vous offrez.

Alors Vol-au-Vent de lui rire au nez et de s'envoler plus loin ; mais partout il entendait à peu près

même rangaine ; car celui qui n'était pas marié
parlait de sa sœur, un autre, sans famille, d'une demoiselle de ses amies ; enfin, en tous lieux, l'é-
goïsme de l'homme se montrait, puisque tous
trouvaient la plus belle chose du monde celle qui
avait l'honneur de lui appartenir.

Mécontent de cet échec, le dieu léger frappa du
pied avec colère en s'écriant :

— Une de mes ailes à celui qui me dira où je
peux trouver ce que je cherche !...

— Payez, mon frère, dit une voix joyeuse à côté
de lui ; car je sais ce qui vous convient mieux que
tout au monde.

Vol-au-vent qui se croyait seul, se retourna avec
surprise, et vit derrière lui un beau jeune homme,
éblouissant comme le soleil, qui tenait à la main
une lyre composée d'une écaille de tortue et de sept
cordes, et le regardait en souriant.

— Par la barbe de Jupiter! que diable faites-vous
là, maître Apollon?... exclama le messager de l'O-
lympe tout surpris.

— Chut!... fit le dieu de la musique en mettant
un doigt sur ses lèvres, je cours après la petite

Daphné, demoiselle suivante de ma sœur Diane, j'ai quelque chose à lui dire de la part de sa maman, et je ne peux pas mettre la main sur elle; c'est une véritable biche pour le jarret.

— Eh bien, laissez-la, dit Vol-au-Vent en levant les épaules d'un air de pitié, et dites-moi où est et qui est ce phénomène que vous m'offrez pour me servir.

— Qui il est? répondit Apollon en s'asseyant un instant près de son frère céleste, il est tout simplement berger pour le vulgaire; mais pour moi, à qui tout est connu, il est un prince, et un grand prince encore.

— Ah bah!.. vous savez tout, mon frère? fit Vol-au-Vent avec malice; en vérité, je ne vous croyais pas si savant... Mais achevez votre histoire, je vous prie, et dites-moi comment se nomme le berger prince que vous m'offrez si galamment.

— Il se nomme Pâris, et voici son histoire, reprit en se rengorgeant maître Apollon, enchanté de montrer son érudition à son frère. Vous savez que Priam, roi de Troie, a épousé la princesse Hécube, une grande blonde fort bien découplée, dont il a eu plusieurs enfants; eh bien! parmi ceux-ci il s'en trouva un que son père avait condamné à mort avant qu'il eût vu le jour.

— Mais c'est donc un gueux que ce roi Priam?... s'écria Vol-au-Vent avec indignation.

— Non, c'est tout simplement un poltron, reprit le conteur, car sa femme ayant rêvé quelques jours avant la naissance de l'enfant qu'elle allait mettre au monde un flambeau tout allumé qui embraserait son royaume, et Sa Majesté Priam, qui a la faiblesse de croire aux songes, ayant consulté des devins à ce sujet, lesquels devins répondirent qu'il fallait se méfier du nouveau-né, parce qu'il porterait le feu partout, le roi, au comble de la terreur, livra le pauvre petit enfant à des serviteurs dévoués, leur ordonnant de mettre le malheureux innocent à mort. Mais ceux-ci, touchés de la beauté du petit enfant et des pleurs de la mère, tuèrent un gros chien, dont ils arrachèrent la langue et le cœur pour les remettre à Priam, comme étant les restes de son bambin, afin qu'il ne pût pas douter de leur crime, et donnèrent celui-ci à des bergers pour pour l'élever comme s'il était à eux, ce qu'ils ont fait avec une grande conscience, car Pâris est devenu le plus charmant garçon qui soit sur la terre.

— Et où se trouve cette merveille? demanda avec intérêt le messager du grand Jupin.

— Cherchez et vous trouverez, mon frère!... fit le dieu de la musique en se levant, et ajoutant dans un sourire : Vous avez douté de ma science; mais je suis plus poli que vous, je ne doute pas de votre esprit.

Puis, en achevant ces mots, maître Apollon salua d'un air narquois, et s'éloigna à grands pas du pauvre Vol-au-Vent tout contrit.

Comme il venait de disparaître, un énorme buisson de roses, contre lequel Vol-au-Vent était assis, s'entr'ouvrit doucement, une jolie tête blonde en sortit, de charmants yeux bleus regardèrent partout avec inquiétude, puis une bouche vermeille et haletante murmura ces mots :

— Je veux vous apprendre, seigneur, ce que vous désirez savoir, si vous voulez me servir.

Le dieu bondit, en entendant cette douce voix, comme s'il avait été touché de la pile galvanique; puis, voyant le joli petit minois qui sortait du bosquet de roses :

— Qui es-tu, la belle enfant? lui demanda-t-il d'un air courtois.

— Je suis Daphné, monseigneur, répondit la jeune fille en sortant tout entière de sa cachette, et je me sauve de son altesse votre frère, qui veut me jouer un mauvais tour...

— Et tu ne veux pas qu'il t'attrape jamais? interrompit en riant Vol-au-Vent, qui voyait le moyen de se venger du musicien.

— Non, monseigneur!... exclama la jolie nymphe.

— Eh bien! dis-moi où je trouverai mon berger et sois tranquille, fit le commis-voyageur de l'Olympe gaiement.

— Il est sur le mont Ida, monseigneur, répondit Daphné.

Alors Vol-au-Vent souffla dans l'air, et tout autour de la jeune fille, il poussa un beau laurier qui l'enveloppait presque entièrement, quand Apollon arriva en courant.

— Attrape!... murmura la rieuse enfant comme adieu, et l'arbre se refermant elle disparut.

— Nous sommes quittes, mon frère, fit le mes-

13

sager des dieux en s'envolant, tandis que le dieu de
la musique, tout essoufflé, détachait du laurier une
branche dont il fit la couronne qu'il porte encore
aujourd'hui, et dont il distribue quelquefois des
feuilles au talent et au génie ; mais malheureusement, comme il est devenu vieux, il est aussi devenu aveugle et sourd , ce qui fait qu'il donne souvent à gauche ce qui devrait être donné à droite,
et *vice versa*.

Pendant ce temps, Vol-au-Vent était arrivé au
but de son voyage ; mais voulant garder l'incognito,
il suspendit son vol au pied du mont Ida, afin de le
gravir comme un simple mortel.

Il marchait avec peine, n'étant pas habitué à cet
exercice fatigant, quand, passant devant une humble
chaumière toute couverte de pampres et de mousse
fleurie, il aperçut un vieux berger et une vieille bergère qui se disposaient à prendre leur modeste repas.

— Toc... toc... fit le dieu en frappant légèrement, peut-on entrer chez vous, bonnes gens, pour
s'y reposer pendant une minute.

— A votre service, monsieur, firent les bergers en
se levant avec le plus aimable empressement, pour

offrir une chaise au voyageur, malheureusement, ajoutèrent-ils, notre frugal déjeuner est indigne de vous, car sans cela ce serait avec un plaisir extrême que nous vous offririons de le partager avec nous.

— Merci ! fit le messager divin en s'asseyant avec délices, et si vous voulez joindre à votre politesse celle de me donner une tasse du bon lait que contient la cruche que je vois là-bas, vous me ferez un plaisir extrême ?

En entendant ces paroles, les braves gens se regardèrent avec le plus grand embarras.

— Hélas ! monsieur, dit la bergère tout honteuse, nous sommes pauvres, et la cruche que vous voyez ne contient que de l'eau fraîche ; mais, si vous voulez attendre un moment, je vais aller chercher chez une de mes voisines ce que vous désirez, et je vous l'apporterai aussitôt.

— Ce n'est pas la peine de vous déranger, bonne femme, reprit le dieu en souriant, car le lait de votre cruche est le meilleur que vous puissiez me donner.

Les deux vieux époux se regardèrent avec inquiétude.

— Il est un peu fou, je le crains, murmura le

vieillard à l'oreille de sa vénérable compagne ; mais c'est égal, Baucis, il faut lui obéir pour ne pas le chagriner ; prends donc la cruche et verse-lui de ce qu'elle contient ; les dieux nous pardonneront si nous ne pouvons pas mieux faire pour soulager un malheureux.

— J'y vais, répondit Baucis ; mais pendant ce temps, Philémon, prends le miel qui reste encore dans le pot, mets-le sur une assiette, cherche aussi si nous avons quelques noix, enfin que tout ce qu'il y a ici soit mis à la disposition de ce pauvre insensé.

Vol-au-Vent, qui entendait ces discours, en riait dans sa barbe.

— Voici une tasse, seigneur, fit Baucis en s'approchant de lui la première, veuillez bien la tenir pendant que je vais pencher la cruche, un peu lourde pour mes mains tremblantes, cruche qui, hélas ! et malgré tous mes désirs ne peut vous verser que l'eau limpide de la fontaine au lieu de ce bon lait que vous désirez et que j'aurais été si heureuse de vous offrir...

Et Baucis, penchant la cruche en achevant ces

mots, poussa un cri de joie, de surprise et de terreur tout à la fois, car, au lieu de l'eau qu'elle y
avait mise, elle en vit sortir des flots d'un lait gras
et blanc.

— Qu'est-ce donc?... demanda Philémon en
s'approchant avec une vive inquiétude près de sa
douce et bonne compagne.

— Ce n'est rien que de la surprise!... fit la
vieille bergère qui avait eu le temps de se rassurer...
Je suis d'un grand âge... j'oublie facilement...
j'avais cru mettre de l'eau dans cette cruche et
j'y aurai mis du lait sans doute... car bien heureusement il s'en trouve comme le désirait monsieur.

— Du lait!... exclama à son tour Philémon en
hochant la tête d'un air de doute ; mais où l'aurais-
tu pris, ma bonne amie, puisque nos vaches sont
mortes il y a un mois, et que depuis ce jour-là tu
n'en as demandé à personne.

Pendant qu'ils parlaient ainsi, le dieu malin portait la tasse à ses lèvres.

— Quel breuvage délicieux! s'écria-t-il après en
avoir absorbé le contenu; excusez mon indiscrétion,

bonne hôtesse, si je vous prie de m'en donner
encore un peu; mais je ne me lasse pas de boire
ce lait pur et rafraîchissant, seulement, comme
je ne suis pas un égoïste, je veux que vous parta-
giez ce plaisir avec moi.

Et tout en parlant ainsi, Vol-au-Vent s'était levé,
et prenant deux grandes tasses posées sur la che-
minée, il les plaça devant lui en ajoutant :

— Versez donc jusqu'à plein bord, mère Baucis,
et nous boirons tous trois en l'honneur des dieux
hospitaliers.

Baucis leva la cruche avec embarras, car elle
agissait ainsi seulement pour ne pas désobliger
son hôte, n'ayant pas la moindre idée qu'il pût sortir le plus petit filet laiteux de sa cruche fort petite
d'abord, puis dont elle avait versé le contenu jusqu'à la dernière goutte quand elle avait été si
agréablement surprise de donner du lait au lieu
d'eau au voyageur altéré, aussi sa stupeur fut-elle
plus grande encore que la première fois, quand une
cascade blanche et abondante sortit en bouillonnant et remplit entièrement les trois bols.

— Par les dieux! ma cruche est enchantée, s'écria la bonne Baucis en levant les yeux vers le globe céleste avec reconnaissance.

Mais Philémon hocha la tête en souriant.

— Ta pauvre tête bat la campagne, ma vieille amie, dit-il doucement ; une voisine aura mis du lait dans ta cruche sans que tu t'en doutes, et voilà tout son enchantement ; si j'avais versé la cruche moi-même, je ne me serais pas laissé prendre comme toi aux apparences...

— Mon cher hôte, dit alors le messager des dieux, si vous vouliez compléter votre bonté pour moi, vous me donneriez un peu de ce beau pain blanc que je vois là-bas dans cette jolie petite corbeille attachée contre la porte.

— Du pain blanc, seigneur !... exclama Philémon, votre excellence se trompe sans doute, car jamais pain blanc n'est entré dans ma modeste chaumine.

— Mais en voilà pourtant... fit Vol-au-Vent en montrant du doigt la corbeille.

Philémon se retourna et vit effectivement trois jolis petits pains à la croûte dorée qui ressemblaient à des brioches.

Il s'élança vers la corbeille qui les contenait, croyant être le jouet d'un mirage trompeur ; mais c'était bien réellement la vérité que lui montraient ses yeux ; aussi, ému de surprise et de terreur, comme avant lui l'avait été sa vénérable compagne, il prit sans mot dire le petit panier, et le posa devant l'étranger, tout en regardant celui-ci avec crainte.

— Une autre tasse de votre excellent lait, mes bons amis, et j'aurai soupé comme un dieu, dit Vol-au-vent en prenant d'une main un des appétissants petits pains que renfermait la corbeille, et de l'autre la tasse qu'il avait déjà vidée.

Mais cette fois, ce fut le vieux Philémon qui s'empara de la cruche pour servir leur hôte, car il était curieux de découvrir si tout cela n'était point un jeu de leur imagination, le lait qui s'y trouvait déjà ayant pu y avoir été mis par quelque charitable voisine ; et les petits pains apportés par une autre bonne âme ; et jetant un rapide coup d'œil dans l'intérieur du vase il s'aperçut qu'il était complétement vide.

— Seigneur, excusez votre serviteur s'il ne peut

pas obéir à votre demande, dit--il alors tristement,
en penchant sa cruche vers le voyageur pour lui
montrer qu'elle ne contenait plus rien, quand tout
à coup il aperçut un petit jet blanc qui s'élançait du
fond du vase et qui le remplit aussitôt jusqu'aux
bords d'un bon lait écumant et couvert de crème,
et heureusement que la stupeur qu'éprouva à
cette vue le vieillard crispa ses mains au lieu de les
lui faire ouvrir ; car sans cela il eût pu briser en morceaux la cruche qu'il comprenait alors devoir être
véritablement enchantée.

— Qui êtes-vous donc, seigneur... vous qui
opérez de tels prodiges ?... demanda-t-il en s'inclinant respectueusement devant le dieu.

— Ton hôte, ton ami, et sans doute aussi ton
obligé, dit gaiement Vol-au-Vent en levant sa tasse
pour boire ce qu'elle contenait et en engageant du
geste les deux époux à suivre son exemple. Puis,
quand il eut avalé à longs traits l'excellent lait
qui lui avait été versé par Philémon, il reprit
ainsi :

— Mais maintenant que me voilà rassasié et re-
posé, il me reste à m'acquitter de la commission qui

13.

m'a conduit sur le mont Ida. Connaissez-vous parmi les bergers un jeune homme qui s'appelle Pâris?

— C'est mon neveu, seigneur, fit Baucis en joignant une profonde révérence à ses paroles.

— Votre neveu!.. ma bonne mère, exclama Vol-au-Vent, en craignant une erreur; mais je croyais qu'il n'était pas né en ce pays.

— C'est vrai, fit la vieille bergère avec embarras; et pourquoi chercher à vous cacher la vérité, vous qui n'êtes point un mortel, ajouta-t-elle avec respect. J'appelle Pâris mon neveu, parce que c'est à mon frère que les hommes, chargés de le tuer quand il était enfant, l'ont remis.

— Et il est beau?... demanda l'envoyé de Jupiter.

— Comme le jour!.. exclama Baucis avec enthousiasme.

— Il est bon?... fit sur le même ton l'interrogateur.

— Comme vous, seigneur, répondit courtoisement Philémon.

— Hum!.. hum!.. ce n'est pas beaucoup dire murmura tout bas. Vol-au-Vent, qui reprit plus

haut vivement : — Et l'on peut se fier à son jugement, il a l'esprit juste et le cœur droit?..

— Comme a celui de Jupiter lui-même !.. s'écrièrent en même temps les deux époux qui aimaient
tendrement le jeune berger.

— Ah çà, mais c'est donc une merveille que ce
garçon-là !.. exclama le dieu, se méfiant un peu de
l'exaltation des vieillards ; et pourrais-je le voir ?
demanda-t-il aussitôt.

Il parlait encore, quand une voix douce et mélodieuse qui chantait ces paroles, se fit entendre dans
le lointain :

> Contemplez ces riants domaines ;
> Admirez ces bergers, ces vassaux, ces fontaines,
> Et ce coteau délicieux.
> Voyez ces lacs et ces forêts lointaines
> Et ces monts azurés se perdre dans les cieux.
> Et dites-vous qu'ici l'on est heureux.

— Vous êtes servi à souhait, seigneur, dit alors
Baucis à son hôte, car ce chant nous annonce que
le berger Pâris dirige ses pas vers nous ; encore
quelques minutes donc, et il va se trouver en votre
présence.

Effectivement, peu d'instants après, un jeune et

beau garçon tenant un nid de colombe entre ses
mains entra dans la chaumière.

— Bonjour, vénérables pasteurs, fit-il respectueusement en s'inclinant devant Philémon et Baucis, tandis que le dieu voyageur le regardait avec
admiration, car jamais plus beau mortel ne s'était
offert à ses yeux enchantés.

— Mon fils, dit la vieille bergère en souriant
d'orgueil devant l'admiration qu'elle voyait se
peindre dans les yeux de Vol-au-Vent, car elle aimait véritablement Pâris, voici un voyageur qui te
cherche pour te demander un léger service.

Le berger et le dieu se saluèrent courtoisement
après cette présentation.

— Je suis tout entier aux ordres de votre hôte,
vénérable Baucis, répondit après cela le beau Pâris
en engageant d'un geste l'étranger à s'expliquer.

Vol-au-Vent le comprit aussitôt ; et comme de son
côté il était très-pressé d'en finir, il s'exprima ainsi :

— De par Jupiter, vertueux pasteur, saurez-vous
bien dire, mais cela sans amphigouri et sans in-
justice, quelle est la plus belle de toutes les femmes et mortelles et célestes ?...

— Voilà une singulière question, par exemple!...
exclama Pâris devenant tout rouge et en regardant
autour de lui avec inquiétude et embarras, absolument comme un enfant qui vient de mettre le doigt
dans un plat de crème pour s'assurer si elle sera
bonne et qui a peur d'être surpris.

En voyant cet embarras juvénile du berger, le
messager des dieux se frotta le menton d'un air fort
enchanté, car il venait de trouver enfin un homme
qui lui semblait simple de cœur et pur d'esprit;
aussi raconta-t-il aussitôt à Pâris l'aventure de la
pomme, et comment il avait été choisi, lui Pâris,
pour décider laquelle des trois déesses avait droit
à garder ce fruit destiné à la plus belle.

Le jeune berger du mont Ida fut singulièrement
flatté de l'importance qu'il allait prendre, pensa-
t-il, aux yeux de tous, par ce jugement qui ferait
grand bruit et qui serait sans appel aussi; se rengorgeant comme un paon qui fait la roue, il répondit aussitôt d'un air léger :

— Volontiers, mon cher, volontiers!... Amenez-
moi ces dames; je vais aller faire ma toilette en
attendant votre retour; mais faites diligence, je

vous prie... Adieu donc... c'est-à-dire au revoir...

Et le beau Pâris sortit en prononçant ces derniers mots :

— Sot et vaniteux!... murmura Vol-au-Vent en
le regardant s'éloigner. Par Jupiter, c'est bien
faute de mieux que je vais prendre ce garçon-là;
mais il y a si longtemps que je cherche sans rien
trouver que je suis fatigué de ma mission, et je
m'en acquitte alors tant bien que mal.

Puis se retournant vers ses hôtes qui le re-
gardaient d'un air inquiet, car eux aussi avaient
compris la sottise du jeune pasteur, et en souf-
fraient, parce qu'ils l'aimaient et craignaient que le
voyageur illustre dont ils redoutaient le pouvoir ne
fût mécontent et ne s'en vengeât sur tous, il leur
dit avec bonté :

— Merci, mes bons amis; que puis-je faire pour
vous témoigner ma reconnaissance et l'estime que
vous m'inspirez? Parlez, et je pourrai vous satisfaire; je l'espère du moins.

— Mon bon monsieur, dit alors Baucis, en accompagnant ses paroles d'une foule de révérences,
faites que le lait de la cruche ne se tarisse jamais,

afin que tout voyageur qui frappera à la porte de
notre chaumière puisse se rafraîchir comme vous
l'avez fait tout à l'heure, et nous serons heureux.

— Les dieux vous récompenseront, ma fille, de
cette charitable pensée qui vous fait songer aux autres avant vous-mêmes, fit le dieu léger attendri
malgré lui par cette générosité si rare; et, comme
je suis leur envoyé, je paye sur-le-champ leur
dette.

Et, tout en parlant ainsi, Vol-au-Vent lâcha un
petit bâton qu'il tenait à la main, bâton ayant au
bout deux ailes blanches et toutes mignonnes, au
milieu de jolies couleuvres vertes comme des éme-
raudes entortillées autour; et, à peine ce bâton
eût-il touché les murs en faisant frou-frou, que
voilà la pierre qui se change en marbre; frou-
frou sur le garde-manger : il se remplit de tout
ce qui peut se manger de meilleur; frou-frou sur
le coffre, et il se trouve tout plein de belles pièces
d'or reluisantes comme des soleils : tout cela au
grand ébahissement de nos deux vieux époux.

— Gardez aussi cette cruche enchantée, dit le
dieu, en montrant à Baucis sa cruche qui avait con-

servé sa simple enveloppe de grès; car avec elle
vous connaîtrez les cœurs droits et honnêtes; ainsi,
aux braves gens elle versera un lait pur et succulent comme celui que nous avons bu tout à l'heure
ensemble; mais, pour les méchants, sous la même
forme blanche et appétissante qu'elle a eu pour les
bons, elle ne leur donnera qu'une boisson si détestable qu'ils feront malgré eux une laide grimace à
laquelle vous les reconnaîtrez sur-le-champ.

Et Vol-au-Vent, enchanté de cette dernière malice, s'envola en souriant; mais, quand il fut arrivé
au plafond, il s'arrêta avant de l'ouvrir, en disant :

— Adieu, que Jupin vous bénisse! Quant à vous,
vous vivrez encore cent ans ensemble, et vous vous
éteindrez en même temps. Je n'ai pas voulu vous
rajeunir, car il eût fallu changer vos cœurs en
même temps que vos visages, et que c'eût été vraiment fâcheux... Pourtant, si vous le voulez, vous
n'avez qu'à parler.

— Non, non, seigneur, laissez-nous ce que nous
sommes, s'écrièrent les deux vieillards en élevant
leurs mains vers le ciel de leur demeure, où alors

ils ne trouvèrent plus que le vide; car Vol-au-Vent avait disparu.

Mais il est grand temps de venir rejoindre les trois déesses qui s'impatientaient dans l'Olympe en attendant le retour de leur ambassadeur.

Aussitôt que Vol-au-Vent parut à la frontière de l'Empyrée, chacune s'élança vers lui, en lui criant sur tous les tons :

— Eh bien! avez-vous trouvé?... Apportez-vous l'homme?... A quand le jugement?... et une foule d'autres phrases de la même force que celles que je viens de vous citer; aussi le pauvre dieu, dans la crainte de devenir sourd, avait-il mis ses doigts dans ses oreilles pour les boucher, et ce fut dans cet équipage qu'il se présenta devant le grand Jupiter, afin de lui rendre compte de sa mission, tandis que chacun rentra chez soi pour se livrer aux commentaires les plus étranges, commentaires qui ne furent pas de longue durée toutefois; car mademoiselle la Renommée, vieille personne fort curieuse et très-bavarde de sa nature, s'étant glissée derrière Vol-au-Vent, sans que celui-ci l'aperçût, entendit toute la narration que son envoyé fit

au grand maître, et la répandit aussitôt mot pour
mot dans tout l'Olympe; aussi chacune des déesses
concurrentes entra-t-elle au plus vite dans son cabinet de toilette pour se mettre sous les armes, de
façon à lutter avec avantage le lendemain; car ce
lendemain avait été choisi par Jupin pour le jour
du combat.

La nuit silencieuse et sombre achevait paisiblement de faire sa ronde habituelle, et la gentille Au·
rore sommeillait encore sur son lit de rose quand
la reine Junon, la sage Minerve et la coquette Vénus, l'une à cheval sur son paon, l'autre à pied, la
lance à la main, le casque en tête, comme une
simple troupière; et la dernière, assise dans une
belle coquille de nacre rose trainée par des colombes, se présentèrent aux portes de l'Olympe
pour sortir, fort mécontentes de Vol-au-Vent, qui
n'était point encore arrivé au rendez-vous; car
doit-on dormir un jour de combat?

Le dieu léger accourt enfin en se frottant les
yeux : il venait de s'arracher à la plus charmante
des conversations avec son doux ami le Sommeil, et
il était fort mécontent de le quitter.

— En marche!... cria-t-il du plus loin qu'il aperçut ces dames, pour ne pas leur laisser le temps de le gronder, et son stratagème réussit, puisque l'O-lympe s'étant entr'ouvert, chacune s'élança vers le mont Ida sans songer à montrer l'humeur qu'avait causée, quelques moments auparavant, le retard de leur guide, car l'humeur ne sied pas au visage; et ce qu'il fallait avant tout, c'était être jolie en ce moment.

Le beau Pâris les attendait assis sur un trône de feuillage élevé sous un chêne antique et tenant la pomme à la main.

— Quelles sont les plaideuses? demanda-t-il d'une voix magistrale, après avoir salué légèrement Vol-au-Vent du geste, comme fait toujours un homme important.

Les trois déesses se placèrent devant lui, tandis qu'une foule d'autres divinités qui avaient été conduites traîtreusement en ce lieu par de laides et méchantes vieilles filles à qui elles accordaient quelque confiance, mademoiselle la Curiosité et mademoiselle l'Envie, se rangeaient en auditoire.

— Et quels sont les avocats de ces dames? de-

manda encore le berger juge de paix, sur le même
ton.

— Chacune d'elles défendra elle-même sa cause;
ainsi donc vous pouvez commencer, fit le dieu avec
une certaine impatience; car l'importance que se
donnait Pâris lui inspirait de l'humeur malgré
lui.

— Les débats sont ouverts, cria alors le pasteur
en levant la main.

La reine s'avance; Junon fait une grande révérence : elle tenait un sceptre d'or dans la main;
elle était couronnée d'un rayon de soleil, portait
des étoiles en collier sur son cou et une robe bro-
dée avec d'énormes pleines-lunes bien brillantes.

— Donne-moi la pomme, petit, dit-elle, d'une
voix fière, et comme je suis la reine des dieux, je
t'accorderai tout ce que tu voudras en échange :
des trônes, des trésors; tu n'auras qu'à parler.

— Vous êtes bien honnête, madame la reine, fit
le beau berger en s'inclinant, car il sentit des désirs ambitieux pénétrer dans son âme, je ne dis
pas non pour ce que vous venez de m'offrir, seulement, pour être juste, il faut bien que j'entende

les autres avant de vous donner raison; et, se retournant vers la Sagesse :

— A vous de parler, ma belle demoiselle, fit-il
avec un certain respect; car l'air noble de la
déesse lui en inspirait malgré lui.

Minerve développa alors tous ses titres à la victoire qu'elle disputait, et ses raisons étaient si bonnes
que bien certainement, si elle eût joint de la grâce
à sa vertu, elle eût triomphé de ses rivales; mais elle
resta si dédaigneuse, si froide, si peu aimable enfin,
qu'elle glaça plutôt qu'elle n'enchanta son juge.

— Vous êtes très-belle, j'en conviens avec vous,
madame, lui dit celui-ci, quand elle eut achevé
sa plaidoirie, et si vous aviez su sourire, la pomme
bien certainement eût été pour vous; mais, grâce à
votre petit air pincé, je vous refuse le fruit. As-
seyez-vous donc, ma mie, et souvenez-vous qu'il ne
suffit pas d'être sage, mais qu'il faut encore se faire
aimer par sa simplicité, sa gentillesse et sa grâce.

Comme vous le pensez, Minerve reçut cette leçon
méritée d'un air de fort maussade humeur, aussi,
au lieu de s'asseoir ainsi que le lui avait conseillé
Pâris, elle frappa la terre de sa lance, et, en ayant

fait sortir un beau et fringant coursier, elle s'élança
sur lui avec une adresse qui montrait une écuyère
consommée; puis, frappant son cheval de l'éperon,
elle partit au grand galop dans l'espace; mais en
ayant envoyé auparavant au jeune berger, un signe
terrible des plus significatifs.

La reine Junon sourit en se rengorgeant durant
toute-cette petite comédie; car elle pensait que c'é-
tait à l'intention de lui offrir la pomme que le beau
Pâris éloignait ainsi une de ses rivales, et jeta un regard, où le mépris le disputait au dédain, sur la jolie
Vénus qui s'approchait en souriant du trône d'où devait sortir le jugement si important pour elle; car
si on lui refusait de la reconnaître pour la plus belle,
elle la déesse de la beauté, que lui resterait-il alors?

Elle était vêtue avec une grâce et une simplicité
charmantes : une robe de gaze blanche se jouait
autour d'elle; des roses de Bengale moins fraîches
que ses joues étaient jetées sans art dans ses beaux
cheveux blonds flottants; une ceinture de perles
entourait sa taille aussi élancée et aussi souple que
le peuplier, et pas un bijou, pas une pierrerie ne
venaient montrer son rang et sa puissance.

En la voyant, le berger demeura tout interdit.

— Que demandez-vous, la belle enfant? fit-il avec embarras.

— Je demande la pomme que vous tenez entre vos mains, lui dit Vénus en souriant, et, en souriant, elle montra des petites dents si blanches, et ses joues s'embellirent encore d'une gentille fossette si mignonne que le beau Pâris en laissa tomber la pomme de saisissement, et la pomme roulant aux pieds de Vénus, l'auditoire tout entier retentit d'applaudissements si vifs et si prolongés que la reine Junon n'osa plus lui disputer la victoire; aussi, haussant les épaules avec un grand dépit, elle s'écria :

— Ce berger est un sot et un maladroit, et j'en appelle de ce jugement stupide; car, enfin, la pomme n'a pas été donnée par lui, elle est tombée gauchement de ses mains; et, sans vergogne, notre sœur s'est empressée de la ramasser croyant me faire pièce. Nous verrons ce que dira de tout cela Jupiter, à qui je cours raconter ces choses.

Et, après avoir prononcé ces derniers mots d'une façon fort altière, la fière Junon, rouge comme un

coq en colère, appela son paon, grimpa dessus
avec beaucoup de majesté, et s'enleva aussitôt dans
les airs. Vénus resta seule en présence de leur juge.

— Merci, monsieur, lui dit-elle en lui faisant
une gentille révérence, vous serez récompensé du
service que vous venez de me rendre, car vous épou-
serez la plus jolie femme de l'univers.

Puis elle s'envola pour aller faire chanter un
Te Deum dans son royaume, afin de célébrer la
victoire qu'elle venait de remporter, et malheureusement elle ne tint que trop bien sa parole au
pauvre Pâris; car ce berger malappris, dans une de
ses promenades, ayant enlevé la belle Hélène, cette
méchante action donna lieu à la guerre, qui dura
dix ans, et amena la ruine de Troie, par consé-
quent à la réalisation du rêve de la bonne reine
Hécate : la vindicative Junon et la belle Minerve
s'étant mises de la partie pour se venger, comme
elles l'avaient promis, du maladroit qui leur avait
refusé la pomme.

Et Jupiter sait les malheurs qui arrivèrent à cette
occasion. Ainsi, pour ne vous en citer qu'un seul
exemple entre tous :

Un très-honnête homme, appelé M. Laocoon, grand seigneur par naissance, et qui, par goût, avait préféré être prêtre à être général, desservait le temple de maître Apollon, étant très-fort en musique et pouvant déchiffrer à livre ouvert les notes les plus indéchiffrables, ce qui ne l'empêchait pas d'avoir le sens commun.

Il entendit parler de ce fameux cheval de bois que les ennemis avaient abandonné dans leur camp et du désir qu'avaient les Troyens, ses innocents compatriotes, d'amener cette merveille dans leur ville, afin de la montrer aux curieux un jour de foire.

— Cet animal de bois ne me dit rien qui vaille, exclama-t-il en chaire un jour de prêche; et si vous m'en croyez, vous y mettrez le feu sans y toucher seulement. « Présent d'un ennemi, c'est toujours un poison. » Prenez donc garde à vous, et ne commettez pas d'imprudence; car une sottise se répare difficilement.

Mais comme il n'y a pas de pire sourd que celui qui ne veut pas entendre, et que chacun s'était promis, comme un grand plaisir, de voir de près le

dada que les Grecs, qui n'étaient pas maladroits du
tout, avaient construit avec beaucoup d'art, on cria
haro! sur le pauvre prédicateur, et on lui jeta des
pommes cuites à la tête.

C'était bien malhonnête, vous en conviendrez?
mais les malheureux Troyens n'étaient pas en cela
aussi coupables qu'ils pourraient bien en avoir
l'air; car mademoiselle Minerve, qui avait dirigé le
complot, puisque c'est sous la direction de l'un
de ses architectes ordinaires que le joli petit cheval
de bois, qui contenait la moitié de l'armée grecque,
avec armes et bagages, avait été construit, avait
aussi aveuglé les compagnons du Laocoon, toujours
pour se venger de Pâris.

— Mais j'ai besoin de vous dire que les armées
d'autrefois n'étaient pas aussi considérables qu'elles
le sont aujourd'hui, interrompit en souriant maître
Pierre, car sans cela vous auriez peine à croire
mon récit, et je ne vous dis cependant qu'une
chose parfaitement et tristement historique... Maintenant revenons aux infortunes de notre malheureux Laocoon.

Donc il descendit de la chaire tout contrit, demandant du fond de son cœur à Jupiter d'éloigner le danger qui menaçait ses paroissiens aveugles, quand tout à coup un sifflement horrible le fait tressaillir de terreur.

Pâle et tremblant, il s'élance vers l'endroit d'où vient le bruit, et voit ses deux fils, pauvres petits garçons bien gentils et bien innocents de la sagesse de leur père, entortillés par d'énormes serpents de mer (car alors le serpent de mer n'était pas un canard), affreux reptiles qui les étranglaient comme des lapins.

Vous comprenez qu'à cette vue, M. Laocoon, qui était non-seulement un brave homme, mais encore un homme très-brave, n'en fit ni une ni deux, qu'il se jeta au milieu de la bagarre pour délivrer ses enfants; mais bast! il y perdit sa peine; car ces serpents, qui avaient été envoyés par la reine Junon, afin de le punir de ce qu'il avait voulu empêcher les Troyens de prendre le cheval qui devait détruire leur ville, étaient enchantés; si on les coupait, ils se raccommodaient; si on les tuait, ils ressuscitaient à l'instant, si bien que le malheureux père, épuisé de fatigue, finit par être aussi bien

entortillé que ses enfants, et mourut avec eux
étranglé par ces vilaines bêtes, au moment même
où les Grecs sortaient des flancs du beau cheval de
bois avec des paquets d'allumettes chimiques, qui
bientôt firent brûler la ville comme un beau feu
d'artifice.

— Oh! mon Dieu! que c'était mal de brûler
ainsi ces pauvres gens! s'écria la gentille Thérèse,
quand le silence de maître Pierre montra que son
conte était fini ; car enfin il n'y avait pas de leur
faute si le berger Pâris avait enlevé mademoiselle
Hélène.

— Non, certes, reprit vivement la tante Dorothée; mais ce qui était de leur faute, par exemple,
et ce qui fut cause de leur perte, c'est qu'ils n'ont
pas voulu suivre le bon conseil que leur donnait le
pauvre Laocoon ; ainsi, jugez la chose : s'ils s'en
étaient rapportés à l'expérience de leur doyen, on
eût brûlé le cheval ; alors tous leurs ennemis eussent péri, et ils auraient été vainqueurs.

— Mais, ma tante, puisque la méchante Junon
les aveuglaient, ces pauvres gens, exclama Germaine
avec indulgence.

— Bah ! bah ! ma chère, c'est un bruit qu'ils ont fait courir depuis pour s'excuser, fit la bonne tante en hochant la tête.

Tout le monde se prit à rire.

— Puis, mes enfants, vous avez encore une autre moralité à tirer de ce conte, dit maître Pierre en se tournant du côté de Marguerite, qui, comprenant bien que la leçon lui était adressée, devint rouge et toute honteuse, et cette moralité la voici :

La sagesse ne doit jamais vous empêcher d'être aimable; au contraire, et il ne suffit pas de bien travailler, d'avoir de l'ordre, d'être obéissant, en un mot de remplir ses devoirs, si on manque au plus sacré de tous : « Aimez-vous les uns les autres, » a dit Notre-Seigneur Jésus-Christ, et qui n'obéit pas à ce commandement divin commet plus qu'une faute, se rend coupable d'un crime. Voyez dans le conte que je viens de vous dire pourquoi la Discorde n'a-t-elle pas été admise au banquet des dieux? Ce n'est pas parce qu'elle manquait de vertu, c'est parce qu'elle manquait de bonté; puis, pourquoi la sagesse, sous les traits de Minerve, n'a-t-elle pas reçu la pomme des mains de Pâris? C'est parce que, fière

14

de ses mérites, elle n'a pas su être aimable. Soyez donc toujours aimable, c'est-à-dire bienveillants et bons, et chacun rendra justice à votre mérite au lieu de l'envier et de le nier au besoin, ce qui conduit toujours à l'inimitié et à la discorde.

— Mais il se fait tard, ajouta l'excellent homme en donnant le signal du départ, à un autre soir un autre conte.

LA TOISON D'OR

LA TOISON D'OR

———

Il y avait eu un très-grand bouleversement dans
la Thessalie, et le roi Éson, prié peu poliment de
s'en aller chercher fortune ailleurs par ses sujets
révoltés, était parti au plus vite avec sa femme et
ses trésors, laissant le trône à son frère, un grand
rouge très-sournois, à qui il avait dit bonnement
de faire comme il pourrait pour conserver son cou,
sans se douter que tout le gâchis dont il était victime ne provenait que de ce même frère Pélias, lequel avait soufflé la discorde sans en avoir l'air afin

de prendre la place du pauvre Éson, dont il avait grande envie depuis longtemps.

Mais une fois le roi et la reine emballés, le traître Pélias n'en était pas pour cela plus tranquille, car il lui restait sur les bras un jeune et beau neveu, fils du roi en fuite et fort aimé des Thessaliens révoltés, lequel faisait un petit voyage d'agrément pour le quart d'heure, mais qui d'un moment à l'autre menaçait de rentrer au logis.

Et ce moment tant redouté arriva très-vite, car, un matin que M. du Soleil faisait l'inspection générale des astres dans son plus bel uniforme, on vint annoncer à l'usurpateur Pélias que son neveu, le prince Jason, allait faire son entrée triomphale dans la ville.

A cette nouvelle, le méchant homme faillit tomber en pamoison, mais, aussi dissimulé que traître, il feignit d'éprouver une joie extrême de ce qu'on lui venait dire, ajoutant avec un grand soupir, une larme feinte, et faisant des contorsions horribles :

— Les dieux m'éprouvent cruellement en m'envoyant en ce moment un maudit accès de goutte qui me fait souffrir mort et passion ! s'écria-t-il, car,

sans cela je me serais empressé d'aller au-devant de
mon neveu, afin de lui mettre moi-même sur la
tête la belle couronne d'or de son père.

Puis, poussant les hauts cris, il se fit coucher au
plus vite, après qu'on lui eut couvert tout le corps
d'emplâtres et de cataplasmes.

— Par la face blême de la lune, qu'avez-vous
donc, mon cher oncle? exclama le beau Jason quand
il entra dans la chambre de Pélias.

— Aï... aï... aï... tu as sous les yeux un malheureux prêt à voir couper son fil par la Parque terrible, fit en soupirant le faux moribond.

— Bah! on en revient de plus loin, et je sais que
les ciseaux de la vieille Atropos sont pour le moment aussi ébréchés qu'elle! reprit en riant le
jeune prince. Dormez donc tranquille, mon oncle,
pendant ce temps je vais aller présider le conseil
des ministres afin de m'entendre avec eux pour
rappeler mon père et vous débarrasser de tous
soucis...

— Aï... aï... aï... interrompit en criant de toutes
ses forces le méchant Pélias, tu me laisses mourir
sans pitié, sans seulement prendre le moindre inté-

rêt à mes douleurs et à mes misères. Aï... aï...
aï... aï...

— Mais, par Pluton! que puis-je donc faire pour
vous soulager? exclama le beau Jason, dont l'âme
était sensible et généreuse.

— Hélas! c'est une chose que je n'ose pas te demander, mon garçon, dit le faux malade d'une
voix fort larmoyante.

— Vous n'osez pas, et je le peux! s'écria Jason.

— Oui, certainement, tu le peux, toi le brave
des braves! fit Pélias avec astuce, car que font
les dangers à celui qui ne craint rien pour acqué-
rir de la gloire et de l'honneur!

— Parlez!... mais parlez donc, mon oncle! interrompit le jeune prince avec vivacité, avez-vous
besoin d'une étoile? dites-le-moi et j'irai la chercher.

Pélias sourit dans sa barbe en entendant cette
fanfaronnade d'un garçon si juvénile, car la jeunesse ne doute de rien.

— Ce n'est pas si difficile; ce que j'attends de
toi, dit-il d'une voix insinuante, car toi seul est capable de me rendre ce service, je le sais; donc,
écoute-moi bien: tous les médecins que j'ai consul-

tés sur mon mal m'ont dit que le seul moyen de me guérir était de m'entortiller le corps dans la toison d'or du bélier dont les dieux ont fait présent à Athamas, roi de Thèbes.

— Et il faut aller tuer ce bélier pour vous en apporter la peau ? demanda naïvement le beau Jason.

Pélias leva dédaigneusement les épaules en entendant cette sotte question ; mais, comme il était caché sous ses couvertures, son neveu n'en vit rien et il reprit aussitôt :

— Non, mon ami, non, il ne faut tuer rien ni personne ; le bélier est mort et sa toison est suspendue en Colchide, dans un champ consacré au dieu Mars, dieu fort mauvais coucheur, comme tu le sais ; mais je ne crois pas qu'il tienne à ce trophée, seulement on m'a dit que pour s'amuser, sans doute, il a mis toutes sortes de sorcelleries en jeu afin d'effrayer ceux qui en approchent et qui sont assez niais pour ne pas deviner qu'il n'y a dans tout cela que beaucoup de bruit pour rien.

— Et je ne serai pas de ces niais-là, mon cher oncle, je vous le jure! fit en se rengorgeant le jeune prince, dont la vanité était l'un des principaux dé- -

15

fauts, ce que savait très-bien le mauvais roi qui ne lui parlait ainsi que pour le perdre en le flattant.

— Tu comptes donc aller me chercher cette toison? demanda Pélias en tressaillant de plaisir jusqu'au fond de ses os.

— Oui, certes! et je partirai dès demain matin, car je brûle de vous voir sur pied, afin que vous m'aidiez à raccommoder tout ce qui va de travers ici, répondit Jason. Mais, adieu, ajouta-t-il, car je veux serrer la main à quelques amis avant de commencer ce nouveau voyage, qui n'est peut-être pas très-commode, quoi que vous en disiez.

Jason n'eut pas plutôt quitté le palais, que son méchant oncle se mit à rire aux éclats, ravi qu'il était, dans le fond de son mauvais cœur, d'avoir aussi bien tendu un bon piége où le naïf imprudent venait de se prendre avec tant de facilité.

— Va!... va! mon pauvre sot, mais tu ne reviendras pas, c'est ce qui me fait plaisir... Ah! tu veux la couronne de ton père et tu n'y vois pas plus loin que le bout de ton nez, ah! ah!...

Et de grands éclats de rire interrompaient ces méchantes paroles.

Jason, de son côté, n'était pas très-heureux auprès des habitants de la ville, qui, ayant appris par les favoris de Pélias où celui-ci envoyait son neveu, se disaient tous, en clignant de l'œil et se le montrant du doigt d'une façon fort significative :

— Voyez un peu le beau merle, qui, au lieu de rendre la couronne à son papa, s'en va chercher une peau de mouton pour celui qui lui a pris sa place. En voilà un de serin !

Et ils disaient encore une foule d'autres choses du même genre que Jason n'entendait que très-imparfaitement par exemple, mais dont le peu de mots qu'il pouvait saisir au vol lui avaient donné assez à penser pourtant pour qu'il renonçât à sa folle entreprise, si les avis d'une foule de jeunes princes ses amis, tous grands chercheurs d'aventures, ne fussent pas venus l'y embarquer de plus belle en s'offrant de l'y accompagner.

Ce qu'il accepta avec grand plaisir. Aussi, le lendemain, tandis que le petit Zéphire se jouait sur la mer, un beau navire, appelé l'*Argo*, sortit du port, renfermant dans ses flancs tous ces étourdis, fort joyeux de faire une nouvelle escapade dont les journaux allaient parler et qui défrayerait toutes les langues.

Mais il n'en est pas de la peau d'un bélier à prendre comme de ses défauts, que vouloir les corriger c'est toujours pouvoir le faire ; et le dieu Mars, qui déjà avait eu connaissance du complot tramé contre sa toison, envoya une grosse tempête pour faire périr jusqu'au dernier tous les pauvres *argonautes*, ainsi appelés par le peuple thessalien, — et vous savez que rien n'excelle à donner des sobriquets comme les gens du peuple n'importe de quel pays, — parce qu'ils s'étaient embarqués à bord du bateau l'*Argo* et pas par une raison.

Seulement comme fort heureusement parmi ces aventuriers il s'en trouvait de très-recommandés dans l'Olympe et de fort bien en cour aussi; ainsi, pour n'en citer que peu comme preuve de mon dire, je vous nommerai le bel Hercule; les jolis jumeaux qui s'aimaient tant et si bien; Castor et Pollux; Orphée, qui n'était pas encore marié à la belle Eurydice; aussi la Mer, toute furieuse qu'elle était, ne voulant pas se faire une mauvaise affaire là-haut, n'osa pas les engloutir et se contenta de les bouleverser, de les mouiller et de les rejeter qui d'un côté, qui d'un autre, sur diverses îles plus ou moins désertes ou fort mal habitées.

Jason, pour sa part, se trouva sur un affreux rocher où, se voyant sans feu ni lieu, il se prit à pleurer de tout son cœur. Mais sa douleur céda à la terreur quand tout à coup il se trouva en présence d'un énorme feu follet qui se mit à danser devant lui en faisant toutes sortes de gambades.

Et vraiment c'était une vilaine chose à voir, car tantôt il filait rapidement comme un martin-pêcheur, tantôt il disparaissait tout à fait, puis d'autres fois il devenait gros comme la tête d'un bœuf et tout aussitôt menu et rond comme un œil de chat; tout cela en tournant si vite autour du pauvre Jason, que le malheureux en était aussi ébloui qu'effrayé.

Il grelottait de peur et de froid et songeait à se plonger dans la mer pour se débarrasser de sa terrible vision, quand il entendit une petite voix douce et mélodieuse qui chantait ces paroles :

> Ne crains rien du gentil follet,
> Suis ses conseils, mon pauvret,
> Et la toison décrochera,
> Puis ta couronne on te rendra.

— Qui est là? cria le fils d'Éson en cherchant à rappeler tout son courage.

— C'est moi, le Follet, que madame Grenadine qui vous veut du bien envoie pour vous rendre service, répondit la même voix, toujours mélodieuse, mais ne chantant plus.

— Eh bien! parlez, monsieur, dit Jason en s'inclinant jusqu'à terre.

— Il faut d'abord que vous preniez un ours, dit le Follet.

— Un ours!... interrompit avec humeur le jeune prince; par Jupiter! cela vous est bien facile à dire. Mais ça ne sera pas trop facile à faire, je le crains : pourtant, si j'y arrive, une fois que j'aurai la bête, que dois-je en faire, ajouta-t-il d'un air rogue.

— Mon bon ami, si vous parlez toujours, ce n'est pas le moyen d'apprendre ce que vous désirez savoir, reprit en riant le léger page de la reine des Mines, qui continua plus sérieusement. Donc, prenez un ours, tuez-le, couvrez vous de sa peau, et, quand vous serez vêtu ainsi, marchez droit devant vous jusqu'à ce que vous trouviez une vieille femme n'ayant qu'une dent ; arrachez-lui cette dent, jetez-la derrière vous, et vous verrez...

Puis, après avoir achevé ces mots, le petit Follet disparut.

— Par Bacchus ! où diable prendrai-je cet ours ! exclama Jason en se levant avec résignation, car s'il avait bêtement peur de rien, il était très-brave en face d'un véritable danger : mais cherchons, avant de jeter ma langue au chien, dit-il en regardant tout autour de lui avec une curiosité toute pleine d'intérêt, ce qui est facile à comprendre. Au bout de quelques instants, il crut distinguer dans le lointain une légère fumée.

— S'il est bien vrai qu'il n'y a pas de fumée sans feu, ainsi qu'on le raconte, se dit-il, voici une noire vapeur qui doit me faire présager que cette île est beaucoup moins déserte que je ne l'avais pensé d'abord ; allons, en route... en avant, marchons...

Et il marcha avec cette bonne grâce martiale qui eût pu faire croire qu'il avait servi dans la garde nationale, si la garde nationale, cette conquête d'une civilisation avancée, avait déjà été inventée dans ce temps-là.

Peu à peu, en avançant toujours, il aperçut des arbres, des moulins, des maisons, puis des hommes.

— Monsieur, demanda-t-il au premier qu'il rencontra, avez-vous des ours dans votre pays?

— Oui, monsieur, répondit l'habitant de cette île déserte d'une façon fort courtoise.

— Et où pourrai-je les voir? récidiva Jason d'une façon insidieuse.

— A l'hôtel du Gouvernement, monsieur, hôtel que vous reconnaîtrez facilement aux lampions qui le décorent, car nous célébrons une très-grande fête aujourd'hui, dit joyeusement l'étranger.

— Une très-grande fête, et pourquoi donc? s'écria Jason, est-ce qu'on vous a apporté la toison d'or.

— Que Jupin vous bénisse, avec votre toison, monsieur, nous avons bien d'autre chat à peigner, je vous jure... Figurez-vous que depuis longtemps nous étions très-ennuyés par un monstre appelé le Sphinx, qui s'était établi chez nous sans en demander la permission à personne, ce dont personne non plus n'osait lui demander raison, car, non-seulement il était effrayant à voir : figurez-vous la tête d'une vieille fille très-laide sur le corps d'un chien, avec les ailes et la queue d'un dragon, les pieds et les griffes d'un lion ; mais encore il avait le plus méchant caractère du monde. Ainsi il arrêtait les passants, comme histoire de rire, leur donnait une charade à deviner, et dévorait tous ceux qui n'y arrivaient pas, c'est-à-dire tout le monde, car sa diable d'énigme était si embrouillée, qu'on n'y trouvait ni queue ni tête ; aussi tout le monde se sauvait, et Thèbes, c'est le nom de notre ville, était déserte...

— Mais quelle charade vous propose-t-il, monsieur ? demanda Jason avec curiosité, j'ai l'esprit assez prompt à les deviner, et peut-être bien !...

— Merci, monsieur, merci, Jupin, merci, nous n'avons plus besoin de vous, répondit le Thébain en se frottant joyeusement les mains, car il y a quelques jours, pas plus tard, un jeune fils de roi, qui voyageait incognito, a lui-même deviné la chose et causé du coup la mort de la bête qui, fort ra-

geuse de sa nature, se cassa la tête contre un mur,
de colère d'avoir été devinée.

— Et comment s'appelle ce monsieur que vous
dites fils d'un roi? demanda Jason.

— Il s'appelle Œdipe, et vient de je ne sais où.

— Connais pas!... dit dédaigneusement le prince
de Thessalie, qui ajouta aussitôt avec une certaine
hauteur : Mais vous ne m'avez pas dit la charade
que le monstre donnait à deviner, mon bon ami;
je vous l'avais pourtant demandée, il me semble.

— Pardon, seigneur, fit le Thébain qui se laissa
prendre à cet air superbe, pardon, et voici ce que
vous désirez savoir : Quel est l'animal qui a quatre
pieds le matin, deux à midi et trois le soir?

— Pouah! exclama dédaigneusement encore
Jason, voilà une charade bien facile et des habitants bien bêtes, puisqu'ils n'ont pas pu la deviner,
aussi ils méritaient bien leur sort. Mais qu'a ré-
pondu cet Œdipe? je vous prie.

— Il a dit, monsieur, que cet animal était
l'homme lui-même, lequel marche à quatre pattes
dans son enfance, comme un petit chien; sur les
deux pieds seulement quand il est jeune et fort;

puis qui a besoin d'un bâton pour lui servir de
troisième jambe quand les années viennent, le rendre aussi peu solide qu'un château branlant aux
vents.

— Et cet homme a eu raison, par Vénus !... exclama Jason, qui, quoi qu'il en eût dit, ne comprenait rien à la charade, et c'est en l'honneur de ce
monsieur qu'on illumine ce soir? demanda-t-il.

— Oui, seigneur, oui, c'est pour cela et aussi
parce qu'il épouse notre reine Jocaste qui avait
promis sa couronne et sa main à celui qui nous
délivrerait de la bête. Mais, fit le Thébain en saluant, il faut, à mon grand regret, que je vous
quitte, car je suis attendu là-bas. Adieu donc,
jeune étranger, vous trouverez un ours dans la
première rue à main gauche en tournant à droite
et marchant toujours devant vous.

Puis après avoir achevé de donner ces renseignements, qui eussent pu paraître fort peu clairs à
de certaines gens, le naturel du pays se sauva à
toutes jambes pour rattraper le temps qu'il avait
perdu à bavarder sur le grand chemin.

Heureusement que notre Jason n'était point tout

à fait un sot ; aussi il s'orienta si bien, qu'en peu de temps il arriva auprès d'une grande et belle fosse de pierre, au fond de laquelle un fort bel ours prenait paisiblement ses ébats sans se douter qu'un ennemi de son repos et de sa vie s'approchait traîtreusement de lui pour les lui ravir tous les deux.

Jason considéra d'abord avec admiration la bête velue dont il lui fallait la robe, puis, ensuite, il la regarda avec une certaine inquiétude.

— Ça ne sera pas si facile que le croit le petit Follet, de prendre sa fourrure, se dit-il en se grattant l'oreille; et, après quelques instants de silence, il ajouta avec résolution : Bah ! les boulettes n'ont pas été inventées que pour les chiens seulement, et avec du poison je tuerai mon ours comme un lapin.

Sitôt pensé, sitôt exécuté, et notre héros se mit en quête d'un apothicaire pour trouver ce qu'il lui fallait. Peu d'instants après il revenait avec un pain de six livres et deux ou trois petites bouteilles remplies des poisons les plus dangereux.

— Attends ! attends, mon bonhomme, fit Jason en voyant l'ours qui le regardait d'un air tendre ;

je vais te servir un plat de mon métier, et tu seras
bien difficile si tu ne te trouves pas satisfait.

Alors, tout en parlant ainsi, le jeune Argonaute
coupa un tiers de son pain, le saupoudra de poison,
s'approcha de la fosse, et, appelant: —Petit, petit,
d'une voix douce, il jeta son perfide présent à Sa
Majesté fourrée.

L'ours regarda, s'étira, bâilla de façon à démas-
quer une formidable rangée de dents, enfin se dressa
lourdement sur ses pattes et se dirigea d'un pas
pesant vers le déjeuner qui lui était offert, le prit,
l'approcha de son nez, le flaira, le rejeta avec
dégoût, puis alla se recoucher.

Qui fut sot? ce fut notre ami Jason... Mais,
comme heureusement il avait encore les deux tiers
du pain, il ne perdit pas courage, prit un autre
poison plus fin que le premier, le jeta sur un autre
morceau de pain qui lui restait, puis, de rechef,
lança à l'ours ce repas malfaisant.

Mais il paraît que pendant ce temps la bête
méchante — c'est de l'ours que je parle — avait réfléchi, car cette fois elle marcha résolûment vers le
morceau tentateur qui venait de lui être envoyé, et

déjà Jason riait dans sa barbe du succès de sa ruse, quand il vit le lourd animal, après avoir pris le pain dans sa grosse patte et le flairer comme il avait fait du premier, se diriger, toujours avec sa proie, vers l'auge pleine d'eau où il se désalterait, y tremper à plusieurs reprises le pain, en le flairant derechef après chaque immersion, puis enfin l'avaler en toute sécurité, car ce bain de précaution l'avait nettoyé de toutes substances nuisibles.

Cette opération achevée, et sans doute prenant goût à la chose, Sa Majesté fourrée alla ramasser le premier morceau de pain dont il s'était montré d'abord si dédaigneux, lui fit subir la même cérémonie et le mangea encore d'un très-grand appétit, après quoi, comme un convive rassasié, il alla reprendre sa sieste, tandis que le pauvre Jason demeurait confondu.

— Ah çà! c'est donc un pari? se dit-il, et je crois, Jupin me pardonne, que ce maudit ours m'a jeté un coup d'œil narquois avant de se rendormir : mais rira bien qui rira le dernier; attends, bonhomme, et ce ne sera pas toi!...

Et maintenant, autant pour se venger de son

échec que pour avoir la peau de son adroit ennemi,
Jason alla acheter un quartier de mouton, glissa
au milieu le plus mortel de tous les poisons dont
il s'était pourvu, roula la viande de façon que la
bête prudente ne pût rien sentir, puis lança ce nouveau régal dans la fosse.

L'ours, cette fois, y fut pris, car la viande, re-
tournée sur tous les sens, ne portant avec elle aucune odeur qui lui était étrangère, il y porta la dent
et l'avala comme un homme fait d'une mauviette.

L'Argonaute alors se frotta les mains, et, croyant
enfin être sorti vainqueur de son duel avec la bête,
il attendit l'effet du poison, qui ne pouvait tarder à
se produire, et il se produisit aussi; mais ce ne fut
pas de la façon qu'espérait le jeune prince, car son
effet fut absolument le même qu'une bouteille d'eau
de Sedlitz produit chez nous : l'ours était purgé,
voilà tout. Mais le malheureux n'en mourut pas
moins, car Jason, fatigué enfin de toutes ses tentatives vaines, prit son tromblon, le chargea jusqu'à
la gueule, et le déchargea dans la tête de la pauvre
bête qui venait de lui prouver si bien qu'elle n'é-
tait pas dépourvue de cervelle.

— Mon bon ami, c'est bien dommage que votre histoire ne soit qu'un conte, interrompit la petite Louise toute rouge d'attention, car sans cela j'aurais aimé votre ours à la folie.

— Et tu peux l'aimer, ma fille, tout à ton aise, reprit maître Pierre en souriant, car la pareille histoire est arrivée à l'un de ces animaux fourrés, hôte du Jardin des Plantes à Paris, et le Jason de la chose n'était autre que l'illustre M. Flourens, un de nos académiciens qui avait, lui aussi, besoin de cette bête. Mais revenons à l'Argonaute, que nous laissons tout triomphant.

Après cette conquête, et couvert de la peau de son ennemi, ainsi que cela lui avait été ordonné par le petit Follet, notre héros se mit en route à la recherche de la vieille n'ayant qu'une dent.

Fatigué d'avoir combattu et couru tout le jour sans rien prendre, Jason s'approcha vers le soir d'une jolie fontaine qui murmurait sa gentille chanson sous des dattiers, des figuiers et des orangers couverts de fleurs et de fruits.

— Oh! l'excellent souper que je vais faire là! s'écria-t-il : les dieux en soient bénis!...

— Vous le voyez, enfants, les hommes, autrefois, n'étaient point aussi gourmands qu'ils le sont aujourd'hui, et de plus ils rapportaient tout à leurs dieux. — Ce qui était la marque d'un cœur reconnaissant, interrompit, comme petite leçon de morale la tante Dorothée en rajustant ses lunettes sur son nez et se levant de sa place pour en chercher une meilleure. — Mais tout à coup, reprit le narrateur, Jason s'arrêta dans une grande surprise en voyant, assis sur le bord de cette même fontaine, un jeune garçon; les yeux fixés sur le courant de l'eau, la figure aussi pâle qu'un beau lis des champs, la bouche à demi ouverte comme un petit poisson qui bâille au soleil, les cheveux tout emmêlés par le vent, et ne faisant aucune attention ni à un petit agneau tout blanc qui bêlait à ses pieds, ni à une charmante fille, tout en larmes, assise à ses côtés et qui cherchait à le distraire par ses paroles.

— Est-ce qu'il est malade, ce garçon? demanda à cette dernière le jeune Argonaute, qui, pressentant un malheur, se sentait le cœur tout contrit.

— Vous êtes bien honnête, monsieur, répondit

la jeune fille en jetant sur Jason ses beaux yeux remplis de larmes ; mais je crains qu'il soit plus que malade, mon pauvre frère, je le crois enchanté.

— Enchanté ! Et qui vous donne une semblable pensée, ma pauvre enfant ? exclama Jason au comble de la surprise.

— Je vais vous dire cela, mon bon monsieur, fit la sœur du jeune homme en essuyant ses beaux yeux, mais c'est tout une histoire, par exemple. Figurez-vous que mon frère s'appelle Narcisse et que notre papa est le fleuve Céphise et notre maman la nymphe Lyriope ; or, comme il vint au monde plus beau que le Jour, le Jour, qui n'est pas toujours fort aimable, demanda la mort de Narcisse à grands cris, disant que c'était insulter un dieu qu'oser se permettre d'être plus charmant que celui-ci.

« Heureusement que ma mère a des amis très-chauds à la cour de M. le Destin, tout-puissant pour ces sortes de choses; aussi cet inexorable juge décida-t-il que mon frère vivrait, à condition qu'il ne se regarderait jamais, car sa vue devait lui être fatale.

« Vous comprenez, monsieur, interrompit naïvement la jeune nymphe, combien cette condition

était dure, car on aime bien se voir, que l'on soit
laid ou beau!... mais il fallut en passer par là faute
de mieux. On cassa donc toutes les glaces de la maison; on détourna le cours des ruisseaux, des fontaines; papa lui-même, qui était aussi limpide qu'un
miroir jusque-là, devint trouble et boueux à dater de
ce jour. Aussi mon frère Narcisse poussait-il comme
un champignon, et, toujours gai, toujours aimable,
toujours en train, il était devenu le coq du village.
Quand le petit dieu Amour, un fort mauvais sujet,
ayant eu maille à partir avec lui, pour s'en venger,
l'égara à la chasse, où ils étaient allés ensemble, et
le conduisit, mourant de soif, sur le bord de cette
fontaine, où, s'y étant penché pour boire, il se vit,
et, de ce moment, rien n'a pu l'arracher à cette
contemplation qui le perd.

Puis, en achevant ces mots, la bonne petite
nymphe retomba dans son grand désespoir.

— Monsieur Narcisse!... monsieur Narcisse!...
cria Jason en s'approchant du beau jeune homme et
lui frappant amicalement sur l'épaule; mais celui-
ci ne bougea non plus qu'un terme.

— Mais il est mort, votre frère!... et même,

mieux que cela, il est pétrifié!... dit-il alors tristement en se retournant vers la jeune nymphe ; aussi, si vous m'en croyez, vous vous occuperez de ses funérailles...

— Vous croyez, monsieur? interrompit la pauvre enfant en redoublant ses gémissements et ses sanglots.

— Je fais plus que de le croire... j'en suis sûr, ma mie, reprit Jason d'un air fort amical, et, si je puis vous être bon à quelque chose, disposez de moi, je vous prie.

La jeune fille remercia très-chaudement l'Argonaute et, acceptant ses offres généreuses, elle l'entraîna au fond des bois avec elle pour y chercher ses compagnes afin de donner un certain éclat à cette triste cérémonie ; mais quand toutes ces belles nymphes couronnées de cyprès, s'avancèrent vers la rive fatale pour y prendre le corps du malheureux à qui elles venaient rendre les derniers devoirs, le corps avait disparu, et, à sa place, elles ne trouvèrent qu'une nouvelle petite fleur composée de feuilles jaunes et blanches à laquelle elles donnèrent le nom de Narcisse.

Et elles se retiraient en devisant sur cet étrange événement, quand l'une d'elles, qui avait sans doute des correspondances avec l'autre monde, leur raconta ceci comme conclusion de l'histoire :

— Il parait qu'en entrant dans la barque de Caron, il y avait de cela quelques jours, puisque c'était au moment où il avait passé de vie à trépas, l'ombre de Narcisse s'était penchée sur le bord pour s'admirer dans les eaux du Styx, dont depuis ce moment il ne voulait plus quitter la rive.

Et toutes les jeunes nymphes de rire comme des folles de cette coquetterie de l'autre monde.

— Fi ! mesdemoiselles..., fi ! que c'est laid ! s'écria Jason ; comment ! chez vous la médisance ne respecte pas même les gens après leur mort ? Langues de filles, langues de vipères !... Adieu, que Jupin vous punisse !

Puis, après avoir foudroyé les nymphes avec cet anathème, le jeune prince de Thessalie reprit à grands pas ses recherches un moment interrompues.

Comme il arrivait auprès d'un grand bois tout de lauriers-roses, il entendit des chants joyeux.

— Qu'est cela ! se dit-il avec curiosité en s'arrêtant pour mieux entendre.

Tout à coup un jeune homme couronné de lauriers se présenta à ses regards surpris ; il tenait quatre cages d'or suspendues à une longue perche posée droite sur ses épaules.

— Eh l'ami ! que comptez-vous donc faire de tous ces volatiles? lui demanda Jason avec un gai sourire.

L'étranger s'arrêta en entendant ces paroles, qui lui parurent étranges sans doute, car il répondit d'un air dédaigneux :

— Ignorez-vous donc que c'est aujourd'hui l'une des quatre-vingts grandes fêtes qui se célèbrent en l'honneur du dieu de la musique, du mélodieux Apollon?...

— Oui, je l'ignorais vraiment! fit le pauvre Jason d'un air tout contrit, et, ce que j'ignore aussi, c'est à quoi vont servir ces oiseaux dans cette circonstance, ajouta-t-il sur le même ton.

L'étranger, qui était un garçon fort bien élevé, ne voulant pas montrer à l'Argonaute combien il était scandalisé de son ignorance, s'inclina légèrement et répondit ainsi :

— Ces animaux, monsieur, sont consacrés à l'immortel dont nous chantons aujourd'hui les louanges, et ils vont avoir l'honneur d'avoir leurs cous tordus sur son autel pour sa plus grande gloire. Ainsi, vous voyez d'abord ce corbeau : sous prétexte qu'il lit dans l'avenir et qu'il connaît ainsi les arrêts du Destin comme le grand Apollon, on le lui immole dans la circonstance; puis voici l'aigle : comme d'un œil audacieux il fixe le soleil dans tout son éclat et que le dieu de la musique est aussi le dieu du jour à l'occasion, l'aigle subit le même sort que le corbeau; ainsi du coq, dont le cri matinal annonce le retour du brillant astre, et de la cigale qui chante les beaux jours de son empire. Mais je perd mon temps à causer, tandis que les autels, couverts d'huile et de lait, attendent pour commencer le sacrifice, ajouta l'étranger en saluant courtoisement Jason et se mettant à courir pour rattraper le temps perdu.

L'Argonaute balança un moment s'il devait le suivre; mais pensant que, s'il s'amusait ainsi en chemin, il n'arriverait jamais à la toison d'or, qui devait le conduire à rendre la couronne de Thessa-

lie à son père, il ne céda point à sa curiosité, et
continua ses recherches pour trouver la vieille
édentée que lui avait promise le gentil Follet.

Il marcha longtemps, longtemps, longtemps sans
rien voir; enfin, comme il commençait à se désespérer du succès de son entreprise, il arriva devant une
chaumière où il aperçut la plus singulière chose du
monde. En face de la porte fermée il y avait un
énorme rouet d'ivoire et d'ébène, et deux grands
bras qui sortaient des murs de la chaumière, sans
qu'on vît aucun corps, le faisaient tourner, tandis
qu'une grosse tête louche, rousse et bourgeonnée,
en un mot, qui portait une figure affreuse, se montrait sur le toit et chantait d'une façon aussi monotone que le ron-ron du rouet :

> Tourne, tourne, petit rouet,
> Tu fais du fil pour le filet
> Du fils de roi qui sera prêt
> A conquérir ce qui te plait.

La voix qui prononçait ces mots était aussi disgra-
cieuse que l'était ce qu'elle montrait de sa personne;
aussi Jason poussa-t-il une exclamation d'horreur.

—Oh! le vilain monstre! s'écria Jason; au lieu de

ne cacher qu'une partie de sa personne, il ferait bien mieux de n'en rien montrer du tout!...

— Fi! le malhonnête! prononça la grosse tête en ouvrant une large bouche qui semblait un four.

Mais, au lieu de s'en effrayer, notre aventurier, cette fois, poussa une exclamation joyeuse.

— Il n'y a qu'une dent dans cette bouche!... il n'y a qu'une dent!... C'est là ce que je cherche, s'écriait-il en se frottant les mains de plaisir.

Puis, quand il fut un peu plus calme, il reprit d'un air inquiet :

— Mais que Pluton m'emporte! si je sais comment je pourrai l'arracher cette maudite dent accrochée dans une bouche dont la tête se trouve perchée sur un toit!

Il réfléchit durant quelques instants, puis, s'inclinant courtoisement devant l'affreux monstre dont le gros œil louche et chassieux ne le perdait pas de vue un seul instant!

— Pardonnez-moi si j'ai pu vous manquer de respect, madame, dit-il avec un aimable sourire; mais je suis affligé d'une mauvaise vue si basse, qu'il m'est impossible de distinguer vos traits; si vous

16

daignież donc sortir un moment de votre demeure,
et ainsi vous rapprocher de moi, je suis prêt à faire
amende honorable à vos genoux et à vous déclarer
la plus belle princesse de l'univers.

La laide figure grimaça un sourire satisfaisant,
et, tout en continuant à faire marcher son rouet,
l'étrange vieille recommença à chanter :

> Tourne, tourne, petit rouet,
> Si fils de roi veut approcher,
> Il saura fort bien se percher
> Sans que tu cesses de filer.

— Allons! bien! elle me prend pour un chat,
maintenant!... murmura Jason à voix basse; mais
c'est égal, il faut lui obéir et grimper sur le toit
comme un vrai matou de gouttières.

Et, tout en grommelant ces mots, notre aventurier cherchait le moyen d'arriver enfin à son but,
tandis que les doigts et le rouet travaillaient et
ronronnaient de plus belle.

Il prit une énorme poutre qui se trouvait là par
hasard, la traîna près de la chaumière, la mit debout en équilibre contre le toit. Puis, une, deux,
le voilà qui s'élance; et, comme il avait fait de la

gymnastique quand il était enfant, il arriva en quelques bonds et sans trop de peine auprès de la laide tête qui grimaçait de mieux en mieux, et, pour être libre de ses mouvements, s'accroupit auprès d'elle.

— J'ai eu bien raison, en vérité, madame, de vouloir vous voir de près, dit-il alors; car, ainsi que je l'avais pensé, je reconnais mes torts et vous proclame belle entre tout's les belles.

L'énorme bouche du monstre s'ouvre alors pour sourire, et ce qu'elle contient se montre ainsi aux regards de Jason, qui, plein de courage et se recommandant aux dieux, plonge le bras dans le gouffre, saisit la dent, l'arrache avec force, et, toute sanglante, la jette aussitôt derrière lui.

Aussitôt tout disparaît : chaumière, rouet, bras, tête, et Jason, aussi émerveillé que surpris, se trouve dans un riche palais tout ruisselant d'or, de pierreries et de diamants, et en présence d'une femme plus belle que Vénus, plus blonde qu'Hébée, et plus richement vêtue qu'une reine, laquelle lui tendait la main en lui disant :

— Merci, ô mon généreux sauveur, merci pour

le service immense que vous m'avez rendu. Je suis Médée, fille d'Aëte; les déesses, jalouses et de ma beauté et de mon talent pour les enchantements, m'avaient enchantée moi-même et condamnée à rester sous la forme horrible dont vous m'avez délivrée jusqu'au moment où un jeune prince, fils de roi, serait assez brave pour m'arracher l'unique dent qui me restait. Voilà plus de cent ans que je suis ici, et j'y serais encore pour longtemps, sans doute, si vous n'étiez pas venu me désenchanter; parlez donc, jeune et bel étranger, en quoi Médée peut-elle vous servir? Elle se met tout entière à votre disposition.

— Merci, madame, merci de votre honnêteté, repondit Jason, fort aise de la façon dont se terminait l'aventure, et j'accepte vos offres avec plaisir; car j'en ai grand besoin. Figurez-vous que mon oncle m'envoie lui chercher la toison d'or pour guérir ses rhumatismes, et que je ne saurais pas comment m'y prendre du tout si vous ne veniez pas à mon secours, comme le petit Follet me l'a dit.

Médée se prit à sourire en montrant les plus jolies dents du monde, puis se prit à dire :

— Ah! l'aimable Grenadine vous a envoyé un de ses pages?... Je suis fort bien, voyez-vous, avec le royaume de Pluton, aussi on s'ennuyait là-bas de mon éternel silence. Je vais donc vous servir, beau prince, et cela tout de suite après déjeuner, car je meurs de faim, je n'ai pas mangé depuis cent ans ; vous comprenez, n'est-ce pas, que j'ai l'estomac creux?

Jason, en homme bien appris, répondit affirmativement, et la belle Médée, frappant dans ses mains, une foule de petits génies familiers qu'elle avait à ses ordres dressèrent une table et la couvrirent de gâteaux, de bonbons, de confitures, de friandises de toutes sortes en crème, fruits glacés, sirops, puis se retirèrent respectueusement. La princesse magicienne fit alors un signe à Jason, et tous les deux se mirent à table.

Quand ils eurent suffisamment mangé, Médée apprit, sur sa prière, au jeune prince, combien il lui fallait affronter de périls pour en arriver à ce qu'il voulait. Ainsi, d'abord, la riche toison d'or était gardée par des taureaux qui jetaient du feu et des flammes par les naseaux, par la gueule, par les yeux et par les oreilles, et elle était gardée aussi par un affreux dragon aux cent têtes. Taureaux et dragons que, d'après l'ordre de M. Destin, ce vieillard aveugle et entêté, il fallait d'abord vaincre, puis s'en servir : les taureaux, pour les atteler à une charrue avec laquelle il fallait labourer tout le champ au milieu duquel était la toison; le dragon, pour lui arracher toutes les dents, dents qu'il fallait semer dans le champ une fois qu'il serait labouré...

— Par Pluton et par Vénus! moins belle que vous, madame, je vous jure de tuer toutes ces bêtes si vous voulez bien m'y aider un peu, interrompit Jason que les beaux yeux de Médée enflammaient d'étrange sorte.

— Mais ce n'est pas tout encore, seigneur, reprit l'enchanteresse, car de chacune de ces dents naîtront des hommes formidables et armés de pied en cap, et il faudra exterminer tous ces hommes jusqu'au dernier avant d'être maître de la chose.

— Avec votre secours, j'y arriverai, madame, fit encore Jason; mais cette fois, il faut en convenir, avec moins de résolution.

Pourtant Médée fut satisfaite du courage qu'il montrait.

— Attendez à demain matin, dit-elle, la nuit porte conseil, et je m'arrangerai pour que vous soyez vainqueur.

Jason, enchanté de cette promesse, devint d'une fort joyeuse humeur, et, la journée s'étant passée aussi rapidement qu'un doux songe, il arriva au lendemain sans s'en apercevoir.

Dès que mademoiselle Aurore se fut montrée à la porte du ciel, une servante fort accorte vint prévenir le prince que sa maîtresse le demandait ; Jason la suivit avec empressement et trouva la belle Médée les mains et les bras encore couverts des restes de la farine avec laquelle elle avait confectionné de jolis petits gâteaux qu'elle était en train de mettre au four.

— Je m'occupe de vous, seigneur, dit-elle le plus courtoisement du monde.

— En faisant de la pâtisserie, madame ! exclama Jason tout surpris.

— Certainement ! répondit la magicienne en tâtant le four pour voir s'il n'était pas trop chaud ; car ces gâteaux sont destinés à endormir les taureaux et les dragons que vous devez combattre. Ainsi, vous les leur jetterez aussitôt que vous approcherez d'eux; mais pour pouvoir le faire sans danger, je vais vous donner un casque et un vêtement incombustibles. Vous serez donc ainsi complétement à l'abri du feu. Une fois les gardiens de la toison endormis, ajouta Médée, au dragon vous couperez les cent têtes du même coup, grâce à une épée que je vous prêterai, puis vous lui arracherez alors ses dents tout à votre aise. Quant aux taureaux, vous les frotterez avec l'huile de douceur que j'ai renfermée dans une bouteille, et, quand vous les réveillerez, vous les trouverez non-seulement ayant éteint leurs feux, mais aussi devenus doux comme de petits agneaux tetant encore leur mère. Vous les attellerez donc sans peine à la charrue; vous labourerez le champ, et avant de semer vos dents vous vous couvrirez du voile que vous trouverez dans la poche de l'habit incombustible, voile qui vous rendra complétement invisible. Vous comprenez alors combien il vous sera facile de tuer tous les hommes qui sortiront de terre autour de vous, fussent-ils aussi bien armés que la grave Minerve, mon ennemie intime, en personne naturelle.

Vous comprenez combien Jason remercia Médée de toutes ses bontés pour lui et avec quelle confiance il s'embarqua de nouveau pour son expédition lointaine; mais ce ne fut pas avant d'avoir promis à la magicienne de revenir aussitôt qu'il serait vainqueur, non-seulement pour l'épouser, mais encore pour la conduire en Thessalie, afin de la faire monter avec lui sur le trône que le brave Éson, son père, lui avait promis de lui céder, au moment de son mariage.

Les adieux furent touchants de part et d'autres; mais, grâce aux enchantements de Médée, la traversée du prince fut excellente; il rejoignit ses jeunes amis sur le rivage où ils venaient d'arriver, se mit à leur tête, et, à l'aide de ses gâteaux et de ses nippes enchantées, il fut complétement vainqueur et enleva la toison d'or.

Possesseur de ce trésor, Jason, esclave de sa parole, alla chercher la belle magicienne qui l'attendait avec une grande impatience, l'épousa et l'emmena à la cour de Thessalie, où elle fut reçue avec

une grande pompe par l'usurpateur Pélias, qui gou-
vernait toujours le royaume, sous prétexte que son
frère Éson, qu'il avait alors fait revenir auprès de
lui, était beaucoup trop vieux pour tenir le sceptre,
et en attendant le retour de son neveu Jason, lequel, pensait-il, devait périr dans son expédition
aventureuse.

Aussi grande fut sa fureur quand il apprit le retour de ce neveu qu'il croyait au moins dévoré par
les monstres; mais, aussi dissimulé que méchant, il
feignit une joie extrême, ordonna pour Jason et la
belle princesse qu'il amenait avec lui une entrée
royale, se promettant tout bas de renvoyer le jeune
aventurier courir le monde après qu'il se serait re-
posé quelques jours seulement.

Mais Médée, qui lisait aussi bien dans le cœur
des hommes que dans un livre ouvert, découvrit
aussitôt les odieux projets de Pélias, et se promit de le punir; seulement, plus habile encore
que ce prince, elle feignit d'être complétement
la dupe de ses artifices, et répondit à ses sem-
blants d'amitié par une amitié égale et aussi dévouée.

Cependant le bon Éson, conseillé sourdement par son traître de frère, faisait de l'opposition au mariage de son fils avec la belle Médée.

— Tu pourrais trouver mieux, disait-il à Jason ; où est son royaume ? où sont ses trésors ? Si tu veux, je vais faire déclarer nulle cette union, car enfin les papiers n'étaient pas en règle... Tu n'avais pas mon consentement...

— Mon père, répondit le jeune prince, Médée est plus qu'une reine, c'est une grande magicienne, et c'est grâce à elle si j'ai conquis la toison d'or.

— Ta, ta, ta, interrompit Éson, parce qu'elle t'a donné des gâteaux pour les bêtes, la belle affaire !... tant que je n'aurai rien vu d'extraordinaire de sa part, je serai convaincu qu'elle t'a rendu dupe et que tu n'es qu'un sot...

— Bonjour, mon petit père, dit d'une voix enfantine et charmante la belle Médée qui était entrée dans le salon où se trouvaient les princes, sans que ceux-ci l'eussent entendu venir, et, s'approchant d'Éson en lui présentant à baiser son front plus blanc que l'albâtre, elle ajouta : Par l'Olympe ! comme vous avez l'air fatigué ce ma-

tin : vos yeux sont plus creux, vos rides sont
plus profondes, vos cheveux sont plus blancs,
vos...

— Vous me faites là de très-méchants compliments qui ne servent à rien, madame, interrompit
le bon roi avec humeur, car enfin, lorsqu'on est
vieux, c'est un mal irréparable...

— Irréparable!... interrompit à son tour Médée
en riant comme une petite folle; mais qui vous a
fait ce conte, monsieur mon père?...

— Comment un conte! reprit Éson avec une
mauvaise humeur beaucoup plus marquée, ce n'est
qu'une trop triste vérité, madame, quand on est
vieux, il faut rester vieux...

— Non, monsieur, s'écria Médée en feignant de
perdre patience, et l'on ne reste vieux que quand
on le veut bien...

— Vous êtes folle, madame! exclama Éson hors
de lui.

— Je suis trop polie pour vous rendre une phrase
semblable, monsieur, mais je la pense, fit la magicienne en joignant une petite révérence ironique à
ses paroles, et, si vous voulez...

— Comment, si je veux!... interrompit le vieux roi, au comble de la fureur, si je le veux vous me rendrez jeune peut-être?...

— Sans peut-être, monsieur, car, si vous le voulez, je m'engage à vous rendre jeune comme vous l'étiez à vingt ans par exemple, répondit très-gravement Médée.

Éson, en entendant ces paroles, laissa échapper un violent éclat de rire.

— Ah!... ah!... ah!... vous me rendriez plus jeune que mon fils, criait-il tout haletant; ah!... ah!... ah!... la bonne plaisanterie!...

— Je ne plaisante jamais, mon père, fit la belle enchanteresse d'un air si glacial que l'hilarité d'Éson s'éteignit tout à coup.

— Alors c'est pour de vrai ce que vous dites, fit-il, vous voulez me rendre jeune?... Eh bien, j'en suis fort aise; d'abord parce que je ne serai plus vieux, puis parce que vous me montrerez votre savoir-faire.

Médée se prit à sourire, saisit la main d'Éson et l'entraîna avec elle dans le cabinet secret qu'elle s'était réservé au palais; mais ce ne fut qu'après

17

avoir fait un petit signe d'intelligence à Jason, qui
était resté spectateur muet de cette étrange scène,
comme pour lui dire d'être tranquille sur ce qui allait se passer.

Ce qui se passa, nul ne le sut; mais, au bout
d'une heure, Médée revint avec Éson, qui, devenu
jeune, beau et fringant, se jeta tout joyeux dans les
bras de son fils, lequel semblait alors son frère aîné,
en lui disant que non-seulement il consentait à lui
donner la main de Médée, mais encore que cette
union le rendrait le plus heureux des pères...

Qui fut sot de cette aventure?... ce fut Pélias,
car il n'y avait plus moyen de gouverner sous prétexte que son frère Éson était trop vieux, puisque,
grâce à sa belle-fille, il redevenait un jeune homme;
il ne lui restait donc plus d'autre ressource que de
chercher à se faire rajeunir lui-même par sa nièce,
et c'est ce qu'il tenta.

Médée l'attendait là pour se venger de ses mé-
chancetés. Aussi accueillit-elle sa demande avec la
plus gracieuse amabilité; mais la cruelle magicienne, au lieu de lui rendre la jeunesse, l'enferma
avec elle dans son cabinet secret et le jeta dans une

chaudière bouillante où le malheureux Pélias perdit la vie.

Jason, quoiqu'il eût fort à se plaindre de son oncle, trouva que la vengeance de Médée avait été beaucoup trop loin ; mais il n'osa rien dire, car la puissance de sa femme lui faisait éprouver une secrète terreur, aussi vécut-il pendant quelques années avec elle tant bien que mal, et je dis tant bien que mal, parce que la magicienne n'était pas commode, il s'en faut. Ainsi, à la moindre contradiction, elle s'emportait, elle menaçait son mari de le changer en chien, en porc ou en tout autre animal, ce qui n'était pas agréable du tout, il faut bien en convenir ; aussi, un beau jour où la querelle avait été plus forte que de coutume, Jason planta là sa méchante femme, ses enfants, et s'en alla encore courir le monde pour y chercher aventure.

Toutes celles dont il fut plus ou moins le héros seraient beaucoup trop longues à vous raconter, aussi le ferons-nous arriver de suite à Corinthe.

Là, il fut fort bien reçu par le roi Créon, qui avait été jadis un des amis de son père, il l'accueillit à sa cour, lui donna de l'or, un palais, des pierreries et lui offrit la main de sa fille Créuse, fort jolie personne ayant à peine dix-huit ans et plus douce qu'un petit agneau, charme qui surtout séduisait l'Argonaute, par contraste avec son enragée de Médée.

Il balança d'abord un moment sur ce qu'il devait faire, et sa conscience lui murmurait bien tout bas que c'était une mauvaise action qu'il allait commettre; mais malheureusement il ne voulut pas écouter cette sage conseillère et arriva à se persuader, au contraire, que sa conduite était toute naturelle, son premier mariage pouvant être nul.

Bref, un beau jour, il conduisit la charmante Créuse à l'hôtel de M. l'Hyménée, qui présidait alors au mariage.

Comme, en sortant de cette visite, il venait de rentrer tout heureux dans son appartement avec sa nouvelle compagne, un page se présenta pour prévenir les jeunes époux qu'une cassette remplie des pierreries les plus belles venait de leur être envoyée comme présent de noces par une cour étrangère.

En entendant cette nouvelle, la belle Créuse, avec

toute la curiosité de la jeunesse, s'élança joyeuse
vers la riche cassette qui lui est adressée d'une façon si généreuse; mais, à peine y a-t-elle touché,
patatras!... voilà la boîte qui vole en éclats en-
flammés, brûle et réduit en cendres la pauvre
Créuse, et, à sa place se montre Médée, les che
veux changés en serpents, la bouche vomissant des
flammes et des sottises, qui jette aux pieds de Jason
ses deux fils égorgés, et, après lui avoir reproché
sa conduite, grimpa comme une furie dans un char
traîné par des dragons ailés et s'envola à toutes
brides.....

— Mais en voilà assez pour aujourd'hui, maître
Pierre, fit la tante Dorothée en ôtant ses lunettes,
les serrant dans leur étui et roulant avec soin son
tricot; car il se fait tard, et, quoique votre histoire
soit des plus amusantes, il nous faut pourtant penser au retour : les jours sont courts maintenant!

— Ah! quel dommage!... s'écrièrent tous les enfants avec tristesse. Mon bon ami, vous nous direz
la fin une autre fois, n'est-ce pas?

— Je vous parlerai plutôt de personnages plus
intéressants, répondit avec un doux sourire maître

Pierre, car je trouve qu'on ne doit jamais porter de l'intérêt aux méchants.

— Mais, mon bon ami, si la princesse Médée est devenue méchante, c'était pour se venger de ce qu'on lui avait fait, dit mademoiselle Germaine en pinçant ses lèvres d'un air fort aigre.

— Et vous trouvez qu'elle a eu raison, Germaine? interrompit sévèrement la tante Dorothée ; fi! que c'est laid, mademoiselle!... Rendre toujours le bien pour le mal, voilà ce que doit faire une bonne âme...

— D'autant plus, reprit maître Pierre, qu'une bonne action trouve toujours sa récompense et une mauvaise sa punition. Ainsi, tu le vois, Germaine, malgré la beauté et la puissance de Médée, Jason s'est bientôt éloigné d'elle à cause de son méchant caractère, tandis qu'au contraire, si elle eût été bonne et douce, il eût fait très-bon ménage avec elle et ils eussent vécu parfaitement heureux.

— Mon bon ami, interrompit la petite Louise, fort heureusement pour sa sœur, qui put dissimuler alors sa maussaderie tout à son aise, est-ce que c'est bien vrai l'histoire du beau Narcisse qui est mort pour s'être regardé dans la fontaine?...

Maître Pierre se prit à sourire.

— Tout ce que je vous raconte-là, mes enfants,
dit-il, ce sont des fables que les anciens croyaient
véritables et dont on peut tirer de toutes une grande
moralité. Ainsi, ce que vous prouve la triste aventure
du pauvre Narcisse, par exemple?... C'est que la
coquetterie est un défaut mortel pour l'âme : d'a-
bord elle engendre l'égoïsme en rendant l'amour
de soi le premier de tous les sentiments ; puis la
paresse, car comment penser au travail quand on
ne songe qu'à s'admirer, à se parer et à se montrer ;
ensuite la sottise...

— Ah! c'est bien vrai !... interrompit Lucien en
riant, car rien n'est plus sot que notre cousin Eugène, qui passe tout son temps à se mirer...

— Ce que vous dites-là, Lucien, est fort mal !... fit
la tante Dorothée en lançant un regard courroucé sur
le coupable, c'est sur soi-même, monsieur, que l'on
doit faire l'application d'une moralité et jamais sur
les autres ; ce qui d'abord est bon, mais aussi est
fort maladroit, car enfin, si vos cousins étaient aussi
méchants que vous, ne pourraient-ils pas dire à
leur tour que vous aussi vous êtes d'une coquetterie

ridicule pour un garçon, puisque vous ne passez jamais devant une glace sans vous y regarder comme un sot ; enfin, qu'Eugène n'est pas plus infatué de sa petite personne que vous l'êtes de la vôtre.

Le pauvre Lucien ne savait où se mettre en entendant sa tante parler ainsi, d'autant que les sourires approbateurs de l'auditoire étaient fort significatifs contre lui. Heureusement maître Pierre, pensant que la leçon ne serait pas perdue, eut pitié de son embarras et lui vint en aide.

— Allons, enfants, dit-il en se levant, vite, mettons-nous en route, et la semaine prochaine je vous promets encore un joli conte, mais aux mêmes conditions que toujours, ajouta-t-il en riant, c'est-à-dire que vous serez sages.

LA CASSETTE MERVEILLEUSE

LA CASSETTE MERVEILLEUSE

Un jour Jupiter, alors gouverneur général de l'espace, s'étant trouvé en humeur généreuse, avait distribué les planètes à ses enfants. La terre échut en partage à Minerve, qui en prit le pouvoir suprême sous le nom de la Sagesse.

Sous ses lois tout prospéra et tout fleurit. Avant sa venue, il y a bien longtemps, bien longtemps de cela! la terre était encore inhabitée; mais à peine la déesse y eut-elle placé son pied divin, que les villes s'élevèrent par enchantement et se peuplèrent d'habitants de tous sexes et tous âges.

Les campagnes fleurirent, les rivières se mirent
à couler doucement, enfin notre planète devint un
véritable paradis.

Les enfants naissaient tout instruits; ils n'avaient
pas besoin d'étudier pour savoir, leur caractère ne
se composait que de qualités; de plus, la richesse
régnait partout, et cela sans travail, chaque maison contenant de l'or monnayé dont la quantité ne
diminuait jamais, car il ne servait que pour les
choses utiles : le jeu, le luxe, tout ce qui ruine les
pauvres humains n'existant pas sous le règne de la
Sagesse, et les occasions de dépense étant fort
rares. Les oiseaux se plumaient eux-mêmes et se
mettaient à la broche sans la moindre répugnance,
les poissons arrivaient tout frits sur la table, et les
gâteaux et les tartes à la crème se cueillaient sur
les arbres avec les fruits et les fleurs de toutes
sortes; tandis que les fontaines coulaient alternativement de l'eau pure et fraîche, du lait, du sirop
ou du vin, suivant le désir de celui qui leur présentait sa coupe à remplir.

On comprend sans peine le bonheur dont devaient jouir les habitants de ce paradis terrestre.

Aussi on n'entendait de toutes parts, dans les villes comme dans les campagnes, que bénédictions envers le ciel, chants joyeux et rires enfantins; car, comme jamais les enfants ne se querellaient entre eux, que toujours ils étaient sages, leurs jeux semblaient aussi toujours nouveaux et les amusaient autant à la fin du jour qu'ils l'avaient fait au commencement.

Mais, hélas! le bonheur dont jouissait la terre était trop grand pour qu'il dût durer.

Un jour, la Sagesse était modestement occupée dans son logis à filer sa quenouille, quand on vint lui annoncer qu'un étranger se présentait pour obtenir d'elle une audience.

Son premier mouvement fut de refuser, car elle sentit traverser son cœur par un pressentiment funeste; mais, bonne et généreuse comme elle l'était toujours, elle repoussa ce sentiment égoïste et donna l'ordre d'introduire l'étranger auprès d'elle.

Quand elle l'aperçut, elle tressaillit de tous ses membres.

— Mon frère! Mercure!... murmura-t-elle si bas, si bas, que ce fut à peine qu'elle-même s'en-

tendit, et, reprenant tout aussitôt son sang-froid,
elle salua le nouveau venu comme s'il eût été véritablement un étranger pour elle. C'était un beau
jeune homme à la figure narquoise et rusée; il voltigeait plutôt qu'il ne marchait, tant il semblait vif
et impatient : cela pouvait tenir aussi à sa chaus-
sure, qui se composait d'une paire de jolies petites
ailes attachées à chacun de ses talons, et à sa
coiffure, singulier bonnet tout rond orné de mêmes
ailes que celles qui étaient à ses pieds, ailes posées en guise de bouquet au-dessus de ses oreilles.
Il était enveloppé d'un grand manteau qui cachait
le reste de sa toilette.

— A qui ai-je le plaisir de parler? demanda la
Sagesse avec une profonde révérence.

Le nouveau venu regarda autour de lui avec surprise; mais, voyant que le domestique qui l'avait in-
troduit était courtoisement resté à ses côtés, il répondit en s'inclinant à son tour :

— Je me nomme Vol-au-Vent, pour vous servir,
madame. Je suis un voyageur égaré, et je viens de
très-loin afin de vous découvrir un secret.

En achevant ces mots, il fit un geste si impérieux

au domestique pour lui ordonner de s'éloigner,
que celui-ci, fort obéissant de sa nature, se retira
au plus vite.

Aussitôt qu'il se vit seul avec sa sœur, le
seigneur Vol-au-Vent, nous lui conserverons le
nom qu'il a pris, se débarrassa de son manteau
et de son bagage pour se reposer tout à son
aise.

— Eh mon Dieu! que fais-tu donc de cette
grande boite, lui demanda la déesse avec surprise,
car il venait de déposer par terre une véritable
malle qu'il tenait sous son bras.

— Ça!... fit le jeune homme en regardant la
boite en souriant; eh bien, ce sont mes effets que
j'emporte avec moi jusqu'à ce que j'aie trouvé un
gite...

— Un gite!... interrompit la Sagesse, bien plus
surprise encore; mais tu ne veux donc plus retourner dans ta planète...

— Au diable les planètes et celui qui nous les a
données, s'écria Vol-au-Vent sans répondre direc-
tement à la question qui lui était faite.

A ce moment la terre trembla.

— Tais-toi, mon frère, tais-toi, exclama la déesse avec crainte; notre père se fâche.

Le jeune dieu ne paraissait pas lui-même trop rassuré.

— C'est une plaisanterie que je fais et rien de plus, dit-il en cachant sa terreur sous un sourire. Mais le fait le voici : J'ai eu maille à partir avec mes sujets, qui m'ont mis à la porte, et je viens te demander un asile...

— Un asile... hélas c'est impossible! repartit la Sagesse avec stupeur; jamais toi et moi nous ne pourrons vivre ensemble!...

— Et pourquoi cela, madame? fit Vol-au-Vent d'un air piqué.

— Parce que tu ne te complais que dans les intrigues, dans le scandale; que tu protéges les voleurs, et que les habitants de la terre sont beaucoup trop honnêtes gens pour que tu puisses te plaire dans leur société.

— Pouah!... fit le dieu avec un malin sourire, pas si honnêtes que tu veux bien le dire, ma très-vertueuse sœur.

— Qu'entendez-vous par ces paroles, monsieur

mon frère, et allez-vous me faire des méchants propos sur mes sujets? demanda la Sagesse indignée.

— Des propos, non; des suppositions, oui, répliqua Vol-au-Vent avec une profonde malice; et je parierais tout ce que tu voudras que, sans me donner la moindre peine, je ferai tomber en faute le plus parfait de tous les mortels qui t'entourent.

— Fat!... qui croit son esprit irrésistible! fit la déesse en levant dédaigneusement les épaules.

— Acceptes-tu le pari? continua le jeune dieu sans répondre à cette impertinence, et me donneras-tu un asile si tu perds?

La déesse se prit à sourire.

— Et que me donneras-tu si je gagne alors? demanda-t-elle pour continuer la plaisanterie.

— Mon caducée, dit Vol-au-Vent en présentant à sa sœur un petit bâton orné de deux serpents qu'il tenait sous son bras; regarde si je suis sûr de gagner, puisque j'expose ainsi mon emblème...

Cette assurance fit réfléchir la Sagesse, et sans doute elle allait rompre ce ridicule pari quand un de ses serviteurs vint lui demander si elle pouvait recevoir la jolie Pandore, sa favorite, qui se présentait en ce moment pour lui offrir deux colombes, des fleurs et du miel.

— Qu'elle entre, dit avec empressement l'aimable Sagesse en oubliant la présence de son frère.

— Voici l'enjeu, fit avec vivacité celui-ci en montrant sa malle ; nous verrons si ta favorite est aussi sage que tu le crois. Pourtant, en vérité, les dieux me servent mal en m'envoyant la plus vertueuse entre tous tes sujets et sujettes.

La déesse se prit à sourire d'un air triomphant, car elle ne doutait plus alors du gain de son imprudent pari, et l'on introduisit la jeune fille.

Elle était blonde, belle, élancée et légère comme une véritable nymphe

— Reine chérie, dit-elle en s'agenouillant avec grâce devant la déesse, accepte l'humble hommage de mon cœur et de mes présents ; voici deux blanches colombes que j'ai élevées pour toi, voilà des fleurs de mon jardin, du miel de mes abeilles ; jette un regard de bonté sur nous, dis que tu es contente, et mon âme se remplira de la joie la plus pure.

—Oh! la plus charmante entre toutes mes filles,

sois la bienvenue ici, fit la Sagesse en déposant un baiser sur le front d'ivoire de la jolie Pandore, je garderai tes colombes, tes fleurs ne se flétriront jamais, et le miel que tes mains ont récolté sera mêlé à mon nectar; quant à toi, tu es et tu seras toujours la mieux aimée parmi mes filles qui me sont les plus chères.

— Mademoiselle, j'ai bien l'honneur de vous saluer, dit Vol-au-Vent en dissimulant sous un sourire un léger bâillement causé par les compliments qu'échangeaient ces dames, et se présentant devant la jeune fille.

Pandore se releva toute rougissante en apercevant ce jeune homme qu'elle n'avait pas vu lorsqu'elle était entrée, tant son empressement était grand de porter son hommage aux pieds de sa souveraine; mais, en jeune personne bien élevée, pour dissimuler son embarras, elle fit une profonde révérence.

— Je suis le seigneur Vol-au-Vent, frère de votre belle reine, dit celui-ci, je viens lui faire une visite beaucoup trop courte suivant mon désir, et, le croiriez-vous, mademoiselle, ajouta-t-il en riant avec

malice, nous avons trouvé, malgré cela, le temps
de nous quereller.

— De vous quereller? monsieur, interrompit la
jeune et jolie Pandore toute surprise; vous voulez
plaisanter, sans doute, en me disant une chose
semblable, car je sais que la Sagesse ne se querelle
jamais.

Pendant ce colloque la déesse semblait inquiète,
elle cherchait à comprendre quel rapport ce que
disait Mercure pouvait avoir avec leur pari; celui-
ci devina la pensée de sa sœur, lui fit un petit signe
d'intelligence, puis il reprit ainsi :

— Vous avez raison, ma belle fille, nous quereller n'est pas le mot. Seulement nous discutions,
d'une façon un peu vive peut-être, et voici sur quel
sujet, mettez-nous d'accord, je vous prie. Je deman-
dais à la Sagesse de garder jusqu'à mon retour ce
coffre que vous voyez ici, et elle s'y est refusée...

— Refusée!... interrompit de nouveau Pandore,
encore plus surprise cette fois.

— Refusé non le coffre; mais la condition, répondit Vol-au-Vent en regardant la jeune fille d'un
air narquois.

— Cette condition était inacceptable alors! j'en suis certaine, et je vous donne tort, monsieur, sans vouloir en entendre davantage, fit Pandore en secouant sa tête blonde avec une grande gravité.

— Vous êtes un juge trop prévenu, mademoiselle, dit en riant Vol-au-Vent. Comment! vous me condamnez avant de m'entendre; que sera-ce donc après m'avoir entendu? C'est égal, écoutez-moi. La terrible condition que j'ai posée est celle-ci : ma sœur n'ouvrira pas cette boîte pour regarder ce qu'elle contient, rien de plus.

Pandore haussa légèrement les épaules en disant :

— Vous me prenez donc pour une enfant, monsieur, de me conter de semblables sornettes?

— J'en appelle à ma sœur, fit Vol-au-Vent en se retournant vers la déesse pour la prier d'intervenir dans la discussion.

— C'est vrai, dit la Sagesse, qui comprenait enfin le projet de son frère et voulait lui donner une leçon. Je crois que le plus prudent est de fuir la tentation quand on ne veut pas succomber. Je préfère donc qu'il remporte sa caisse.

— Mais elle me gênera trop dans mon voyage, ma bonne sœur! et si mademoiselle était assez aimable pour s'en charger, elle me rendrait un vrai service, exclama le dieu malin en regardant Pandore.

— De tout mon cœur, monsieur, répondit celle-ci en faisant derechef une gentille révérence.

Le dieu la remercia de sa bonté avec la plus grande courtoisie.

— Mais, n'oubliez pas ma condition, lui dit-il; elle existe pour vous comme pour ma sœur, et vous me promettez formellement de ne pas chercher à ouvrir la malle que je vous confie, pour en connaître le contenu; vous me le jurez même par Jupiter?

— Oh! monsieur, fit la jeune fille en rougissant avec indignation, pour qui me prenez-vous, d'exiger de moi un semblable serment! Vous ne vous fiez donc pas à ma discrétion? Pouvez-vous penser un seul instant que je me permettrais jamais de toucher à une chose qui ne m'appartient pas. Oh! monsieur, c'est bien mal à vous d'agir ainsi...

Et Pandore couvrit ses beaux yeux bleus de ses

mains blanches pour cacher les larmes qui s'en échappaient.

La Sagesse eut un moment de remords de se prêter à une plaisanterie semblable; mais, pensant que sa favorite sortirait triomphante et glorieuse de ce qui n'était qu'une épreuve pour elle, elle laissa son malin frère achever l'œuvre qu'il avait commencée.

— Là, là, ne vous fâchez pas, la belle enfant, fit gaiement celui-ci, car enfin je vous traite comme la Sagesse en personne, et je vous ai répété mot à mot ce que j'avais déjà dit à ma très-honorée sœur.

En entendant ces paroles flatteuses, Pandore sentit son cœur se dégonfler, et, souriant entre ses larmes comme un joli rayon de soleil brille entre deux ondées :

— Je vous pardonne, monsieur, dit-elle; mais aussi je vous plains d'avoir une si mauvaise opinion des gens. Adieu, j'emporte votre boîte, et je n'accepterai vos excuses qu'à votre retour, quand vous y joindrez les remords de m'avoir aussi mal jugée.

Et, accompagnant ces mots d'un salut des plus gracieux, elle pria la reine de vouloir bien ordonner à ses gens d'emporter sur-le-champ, pour déposer chez elle, la malheureuse boîte cause de tous ces méchants propos.

A la suite de cela, elle prit congé elle-même de l'honorable société.

A peine fut-elle partie, que la déesse et son frère se prirent à rire tous les deux ; mais chacun par une pensée bien différente l'une de l'autre.

— Comme Mercure sera sot de se voir joué par une aussi naïve enfant !... se disait charitablement la bonne reine.

— Comme ma précieuse de sœur sera punie de son peu de complaisance à m'héberger, quand elle verra ce que contient mon coffret ; car sa jolie favorite l'ouvrira !... se disait de son côté le malfaisant Vol-au-Vent.

Puis, après s'être serré la main, ils se séparèrent enfin en se donnant huit jours pour le terme du pari.

En quittant la reine et son frère, la belle Pandore retourna dans sa demeure pour voir si la caisse précieuse qui lui avait été confiée par le rusé Vol-au-Vent se trouvait convenablement placée.

On l'avait mise dans un coin de sa chambre à coucher.

— C'est bien, se dit-elle, de la sorte je pourrai jour et nuit veiller sur ce dépôt, et cela sans me déranger; puis elle ajouta mentalement : Mais qu'est-ce qui peut donc rendre ce coffre si précieux à son possesseur? Il est laid, sale, et ne me semble pas de nature à renfermer un trésor...

Et, tout en parlant ainsi, elle s'approcha machinalement de la malle.

— Est-elle lourde? fit-elle en essayant de la soulever.

Elle y arriva facilement.

— Elle ne contient ni or, ni pierreries, c'est sûr! Elle ne serait pas si légère s'il en était autrement, se dit-elle en secouant sa jolie tête blonde. Mais alors, qu'est-ce qu'il peut donc y avoir de si précieux là-dedans? ajouta-t-elle en dardant ses beaux yeux bleus sur le vilain coffret, comme s'ils eussent pu le transpercer de part en part.

Au bout de quelques instants elle poussa un profond soupir, et, s'éloignant à pas lents de la tentatrice, elle se prit à dire avec un sourire qu'elle chercha à rendre dédaigneux :

— Eh bien! qu'est-ce que cela me fait, à moi, ce

18

qu'il y a dans cette vilaine malle? ça ne m'appartient pas; et quand même ce serait une robe faite
avec les rayons du soleil, ou un manteau brodé par
la lune, je n'en serais ni plus belle ni plus riche
après l'avoir vue.

Et pour chasser ses pensées importunes, elle sortit de son logis et alla se mêler à ses jeunes compagnes; mais elle n'y retrouva ni sa gaieté ni sa
gentillesse ordinaires, et, au contraire, elle semblait
si préoccupée et si songeuse, que ses amies lui demandèrent avec empressement quel était ce jeu
nouveau; car sur la terre, si heureuse alors, les
maladies et les peines étaient complétement inconnues. En effet, c'était la première fois de sa vie que
Pandore se sentait en disposition semblable.

Disposition fâcheuse, causée seulement par la
présence de la malle maudite, tant la mauvaise
compagnie influe sur nous, quelque peu même
qu'on l'approche.

Pandore rentra donc chez elle, plus découragée encore qu'elle n'en était sortie; et elle se
disposait à s'étendre sur sa couche pour chercher à y prendre quelque repos, quand la jeune

et belle Galatée, la meilleure de ses amies, se présenta tout à coup devant elle en lui disant avec bonté :

— Pourquoi donc nous as-tu quittées sitôt ? Le soir n'a pas encore chassé le jour pour en prendre la place ; reviens, Pandore, nos jeux sont toujours joyeux, notre musique toujours charmante, et nos histoires toujours nouvelles. Que trouves-tu de mieux chez toi ?

—Rien !... fit la jeune songeuse en laissant tomber ses bras avec découragement le long de son corps et s'asseyant pour reprendre des forces.

— Par Jupiter ! exclama Galatée en montrant d'un air de dédain la malle de Vol-au-Vent, quelle horrible chose as-tu donc laissé mettre dans ta jolie retraite ? Tes valets ont perdu la cervelle, j'en suis assurée. Vite, vite, appelle-les et fais jeter dehors ce qui est si peu à sa place ici.

En entendant ces paroles légères, Pandore devint plus rouge qu'une pivoine, et dans un mouvement orgueilleux dont elle ne fut pas la maîtresse, elle répondit vivement qu'il ne fallait jamais juger ni les gens ni les choses sur la mine, car cette caisse dont elle parlait avec un si profond dédain n'était que l'enveloppe d'un trésor.

— Un trésor!... s'écria Galatée, les yeux brillants de curiosité; montre-le-moi, ma petite Pandore, et elle s'élança au cou de son amie pour la séduire par ses caresses.

— Cela m'est défendu, fit celle-ci en ne risquant qu'un coin de la vérité et rendant les baisers à sa compagne pour cacher son embarras.

— Défendu! et par qui? demanda de nouveau la jolie curieuse en amenant de force Pandore devant le magique coffret.

— Notre héroïne alors, avec toute la franchise que la Sagesse avait fait naître dans le cœur de ses sujets, raconta à Galatée toute l'histoire du dépôt qui lui avait été confié par Vol-au-Vent.

Après l'avoir entendue, celle-ci secoua la tête d'un petit air mécontent.

— Tu aurais mieux fait de ne pas accepter ce dépôt, fit-elle en mettant un de ses doigts déliés sur ses lèvres de roses, car je crois que le frère de notre reine a voulu se moquer de ta crédulité.

— Se moquer de moi? interrompit Pandore avec indignation.

— Pourquoi pas? répliqua en riant Galatée, qui en savait plus long que son amie. Le seigneur Vol-au-Vent, de la façon dont tu me le dépeins, pourrait bien être le dieu qu'on appelle Mercure dans une autre planète, et, je te le dis tout bas, je tiens tout cela d'un astronome, il y jouit d'une très-mauvaise réputation; ça ne peut donc être rien de bon que ce qui vient d'un dieu semblable!

Pandore se prit à réfléchir profondément.

— Et que me conseilles-tu de faire? demanda-t-elle tout à coup à son amie.

Galatée, qui avait un cœur droit et sincère, — vous le savez, la terre était alors un paradis, — et qui était incapable de donner un mauvais conseil à une amie qui se confiait à elle, répondit aussitôt que le mieux serait de renvoyer le coffret chez la reine, en y joignant une foule d'excuses pour une semblable action.

Pandore répliqua par des si, par des mais; bref, elle montra qu'elle ne se souciait en aucune sorte de suivre le conseil prudent qu'elle avait demandé;

puis, pour couper court à de nouvelles, observa-
vations, elle entraîna Galatée rejoindre leurs compagnes.

Le crépuscule commençait à voiler le ciel, et la
nature était si charmante en ce moment où elle se
prépare au repos, que bientôt nos deux amies ou-
blièrent, l'une complétement, l'autre momentané-
ment du moins, la malencontreuse boîte du traître
Vol-au-Vent.

L'essaim joyeux dansa, se couronna de fleurs,
chanta les louanges de la Sagesse; puis, tout en
jouant, on cueillit sur les arbres une collation délicieuse, et quand la lune brilla au ciel chacun rentra
dans son logis.

La belle Pandore, l'âme tranquille alors, se coucha sans penser à ce dépôt fatal qui l'avait si fort
préoccupée durant le jour; mais le méchant Vol-au-
Vent, fort intime avec Morphée, pria le dieu du
sommeil de lui venir en aide, ce à quoi consentit
celui-ci; aussi les songes les plus bizarres firent-
ils invasion dans la modeste demeure de notre
jeune amie.

D'abord elle vit la caisse qui s'ouvrait toute seule

et il en sortit des colliers de toutes couleurs, plus brillants que le soleil; des bracelets, des boucles d'oreilles, en un mot une foule de bijoux capables d'être offerts à une reine; bijoux qui s'élancèrent sur le lit où dormait Pandore et s'attachèrent les uns à son cou, les autres à ses bras, ceux-ci à ses oreilles, ceux-là au milieu de ses cheveux, de façon qu'elle en était couverte. Alors elle crut se lever et se regarder dans une glace en s'écriant :

— Dieux de l'Olympe, que je suis belle!

Cet orgueilleux transport la réveilla, et elle demeura toute triste de voir que ce n'était qu'un songe.

— Si c'était pourtant un avertissement que m'envoient les dieux! pensa-t-elle en se retournant avec agitation sur sa couche. En ce moment un rayon de la lune miroitait sur la caisse mystérieuse, et il lui sembla entendre en sortir le cliquetis que font les bijoux quand on les serre pêle-mêle dans une boîte.

Elle se dressa sur son séant, prêta l'oreille, ouvrit es yeux de toutes ses forces, en un mot absorba son attention entière sur l'objet de sa curiosité;

mais, rien ne se faisant ni voir ni entendre de nouveau, elle retomba découragée sur son oreiller.

— J'aurais mieux fait de suivre le conseil de Galatée, je serais plus tranquille, murmura-t-elle,
et elle se rendormit, car l'ami de Vol-au-Vent ne
lâchait pas si facilement sa proie.

Pandore rêva encore du même objet, c'est-à-
dire de la malle qui lui avait été confiée; mais
non des bijoux avec lesquels elle s'était trouvée
si belle, car le contenu du coffret, qui lui parut
s'ouvrir de même que la première fois, était tout
différent.

Elle en vit sortir un beau trône d'or, une couronne et un sceptre semblables; de superbes man-
teaux royaux, tous brodés de diamants et de pierreries, puis une foule de pages et de seigneurs qui
s'avançaient vers elle en criant :

— Vive la belle Pandore! vive notre auguste
souveraine!

Et elle se trouva revêtue des insignes royaux.

Comme elle allait donner la main au plus beau
de tous les seigneurs pour monter sur le trône, elle
se réveilla.

— Hélas ! ce n'était qu'un rêve ! murmura-t-elle plus tristement encore cette fois qu'elle ne l'avait fait la première en regrettant ses bijoux.

Le méchant Vol-au-Vent n'avait que trop bien préparé son succès en faisant entrer dans le cœur de la jeune fille, en même temps que la malle dangereuse prenait place dans la maison, les germes des principaux défauts qui entraînent avec eux tous les malheurs des femmes : la curiosité, la coquetterie et l'orgueil.

Cette fois Pandore ne put plus se rendormir. Son agitation était trop grande. Elle se tourna et se retourna en vain sur sa couche, fermant les yeux de toute sa force et suppliant Jupiter de lui venir en aide ; mais le père des dieux était bien trop occupé ailleurs pour songer à une aussi infime créature. Aussi, après tous ces vains efforts, brisée par son agitation et renonçant à trouver un repos qui semblait la fuir, notre héroïne prit le parti de se lever et d'ouvrir la fenêtre de sa chambre pour rafraîchir un moment son front brûlant.

La lune brillait alors d'une splendeur sans pareille, et ses rayons d'argent chatoyaient délicieusement à travers les arbres immobiles et miroitaient sur la surface des lacs endormis.

Ce calme sublime de la nature se répandit peu à peu dans l'âme de Pandore, et elle regagnait sa couche à pas lents quand une petite voix qui semblait sortir du coffret mystérieux l'arrêta tout à coup.

— Ouvre-nous, disait la voix; rends-nous à la vie; nous sommes les richesses, les plaisirs et les honneurs.

La jeune fille plaça la main sur son cœur pour en arrêter les battements, et, toute palpitante, s'avança aussitôt vers l'endroit d'où cet appel semblait s'être fait entendre.

— Qui êtes-vous? et où êtes-vous? demanda-t-elle, voyant que tout était rentré dans le silence.

Mais rien ne lui répondit.

— Que je suis folle! exclama-t-elle en cherchant à sourire pour calmer sa terreur. Ce que j'ai cru entendre n'est qu'une illusion, la suite de mon rêve... Maudite malle! ajouta-t-elle en jetant un regard de dédain sur le dépôt de Vol-au-Vent, que d'ennuis tu as apportés avec toi ici!... Il faut que tu sois bien précieuse pour que le dieu ton maître t'entoure de tant de précautions; car ce sont sans doute tes gardiens invisibles qui me persécutent pour m'éloigner de toi.

A cette pensée Pandore se prit à sourire.

— A quoi serviraient tous ces gardiens, lui murmurait tout bas la Curiosité, si tu voulais vraiment ouvrir le coffre? Tu es seule, il est nuit, personne ne viendra te déranger, et une fois qu'il sera refermé, qui est-ce qui pourra savoir s'il a été ouvert?

— Mais peut-être est-il fermé à clef, fit Pandore en se baissant avec inquiétude pour vérifier le fait.

Effectivement, le coffre était fermé, mais une petite clef attachée par un ruban rose pendait à l'une de ses poignées.

— Le seigneur Vol-au-Vent a eu en moi une entière confiance, se dit-elle en détachant la petite clef pour l'examiner. Par Minerve! fit-elle aussitôt, qu'elle est petite pour une malle aussi grosse! ce ne sera pas celle qui en ouvre la serrure bien certainement.

Et, voulant s'en assurer, Pandore mit la clef à l'entrée de cette serrure dont elle venait de parler. Elle y entra aussitôt.

Effrayée de cette action, notre héroïne regarde autour d'elle avec inquiétude; mais elle ne voit rien que le doux reflet de la lune, n'entend rien que les violentes palpitations de son cœur.

— Je suis bien seule, murmura-t-elle; un seul regard jeté là-dedans ne sera pas un crime. Qui le saura d'ailleurs? Car je peux jurer, par exemple, de ne toucher à rien de ce que je verrai... et de n'entr'ouvrir la malle qu'un seul petit instant.

Et tout en parlant ainsi la curieuse jeune fille tourne la clef et fait jouer la serrure.

Aussitôt la terre tremble, la lune se cache, des éclairs brillent au ciel, et la coupable Pandore, plus morte que vive, referme de toutes ses fortes le coffre fatal. Mais il est trop tard!... Une foule de monstres hideux s'en sont échappés : ce sont d'é- normes chauves-souris noires et velues; leurs yeux de feu éclairent ces mots terribles, écrits en traits de flammes sur le front de chacune d'elles : *misère, maladie, débauche, mort*, etc... Et toutes portent une enseigne différente, complétant entre elles tous les maux qui peuvent affliger les humains.

Ces affreux monstres voltigent lourdement pour sortir de la chambre qui les renferme, après avoir vomi de leur bave sur celle qui vient de les délivrer; mais ne trouvant pas d'issue assez grande, avec leurs ailes terribles ils brisent les murs de leur prison et ne laissent plus que ruines après eux.

L'infortunée Pandore, à moitié évanouie sur la malle maudite, est tout à coup rappelée à l'existence par une voix bien connue et jusque-là bien chère : c'est sa reine qui est auprès d'elle, c'est sa reine dont la parole retentit moins à ses oreilles qu'à son cœur.

Mais, hélas! que son aspect et que ses accents sont différents de ce qu'ils avaient été jusque-là. Ce n'est plus la belle et douce Minerve sous les traits de la Sagesse, c'est Pallas, revêtue d'un costume guerrier; un casque couvre sa tête, d'une main elle tient une lance, de l'autre un bouclier.

— Sois maudite, Pandore, dit-elle sévèrement, toi qui as répandu sur la terre, jusqu'ici si heureuse sous ma loi, tous les maux qui vont l'affliger. Je t'abandonne pour toujours et je remonte dans l'Olympe.

Et elle s'éleva sur une nuée qui l'attendait pour la conduire à sa nouvelle demeure.

— Mais que nous restera-t-il donc, ô Jupiter? s'écria la pauvre fille versant un torrent de pleurs.

— Moi!... fit Vol-au-Vent en se présentant, ou plutôt en voltigeant devant Pandore; c'est moi qui deviens votre roi; c'est moi qui gouverne le monde. Vive la joie! nous allons rire.

Et, tout en parlant ainsi, le dieu léger s'éloigna rapidement pour aller prendre possession de son nouveau gouvernement.

— Et moi aussi, je te reste, dit une voix douce qui sortit du fond de la malle. Ouvre-moi, jeune fille, et tu seras consolée.

Pandore hésita un moment; mais, réfléchissant aussitôt que le mal était trop grand pour qu'elle pût rien craindre encore, elle se leva du coffre où elle était restée sans forces jusque-là, et, soulevant le couvercle de cette boîte fatale, elle en vit sortir une belle jeune fille, couverte de voiles azurés comme le ciel; ses yeux étaient doux, sa bouche souriante, et de ses lèvres s'échappaient des fleurs, des diamants et des perles.

— Je suis l'Espérance, dit cette charmante apparition, d'une voix si mélodieuse qu'elle faisait descendre du baume jusqu'au fond de l'âme. C'est le ciel qui m'envoie pour chercher à réparer ta faute. Console-toi donc, Pandore; si tu le veux, tu reverras la Sagesse, tu retrouveras le bonheur. Seulement, ce qui vous était donné sans peine jusqu'ici ne pourra plus être gagné que par le travail; mais avec moi tout devient facile. Essaye, tu le verras.

Pandore remercia sa nouvelle amie; et à moitié consolée elle s'appuya sur l'Espérance pour retrouver sa reine chérie, la Sagesse.

— Eh bien, mon bon ami, je n'aime plus du tout M. Vol-au-Vent, s'écria la gentille Thérèse, quand maître Pierre eut achevé de raconter les aventures de la curieuse Pandore; et lui qui avait été si bon pour les deux vieillards de la cruche enchantée, je ne le reconnais pas à sa laide conduite.

— C'est que M. Vol-au-Vent n'est autre que le dieu Mercure, répondit en souriant le narrateur, et que j'ai voulu vous le montrer sous toutes ses faces, car jadis les anciens donnaient leurs passions et leurs vertus aux idoles qu'ils adoraient.

— Ce qui faisait de bien jolis dieux!... exclama la tante Dorothée en essuyant ses lunettes pour se préparer au départ.

— Tout ça n'empêche pas que mademoiselle Pandore n'était qu'une sotte curieuse!... reprit vivement la petite Louise, car, si elle n'avait pas ouvert la vilaine boîte qu'elle avait promis de garder, on n'aurait pas eu besoin de travailler pour vivre...

— Ce qui eût été très-commode pour des paresseuses comme toi!... interrompit Lucien en regardant en riant sa sœur.

— Lucien!... Lucien! vous êtes incorrigible! s'écria la bonne tante en levant le doigt d'un air menaçant vers son neveu; je vous l'ai déjà dit pourtant, on doit toujours appliquer la morale sur soi-même avec sévérité et être indulgent pour les autres. Votre sœur est si petite, que si la paresse était pardonnable jamais, ce serait à son âge, tandis qu'au vôtre elle ne l'est point; d'ailleurs, un garçon doit s'habituer de bonne heure au travail, en pensant

qu'un jour il deviendra un homme, et que, dans
quelque position que se trouve un homme, le travail est le premier de ses devoirs, s'il ne veut pas
devenir non-seulement à charge aux autres, mais
encore à lui-même.

— Vous le voyez, mes enfants, reprit à son tour
maître Pierre, toujours les défauts entraînent avec
eux une punition, punition souvent terrible; car le
châtiment, que les anciens représentaient comme
un dieu boiteux, marche sans s'arrêter. Aussi toujours, quoique ses pas soient lents, il finit par atteindre le coupable qu'il poursuit, et alors il lui fait
expier bien cher sa sottise; ainsi, pour ne pas rentrer dans la fable de Proserpine qui est condamnée
à rester aux enfers parce qu'elle avait mangé une
grenade, croyez-vous qu'une petite fille de notre
connaissance fut heureuse l'autre jour quand, étant
entrée furtivement dans le fruitier, à la porte duquel la tante Dorothée avait oublié la clef, elle choi-
sit parmi les prunes de reine-claude la plus grosse,
la plus rose, la plus belle en un mot, et que,
l'ayant portée à sa bouche avec gourmandise, il sortit du fruit une énorme guêpe qui lui piqua la lan-

gue et lui fit jeter des cris de douleur qu'elle attri-
bua à une brûlure?

Pendant que maître Pierre parlait ainsi, Thérèse
baissait les yeux et cherchait à se faire si petite, si
petite, qu'elle espérait qu'on ne la voyait pas ou
plutôt qu'on ne devinait pas qu'elle était la coupable.

— Puis, continua maître Pierre, est-il nécessaire
qu'il pousse des oreilles d'âne à tous les sots orgueilleux pour que le monde les juge et les classe
parmi les bêtes de pire espèce? Quant aux avares,
au lieu de changer tour en or autour d'eux, il n'y
font naître au contraire que la misère, le dégoût et
la haine : la charité est une fille du ciel, et Dieu
rend toujours l'obole donnée en son nom aux pauvres, sinon par un autre argent, au moins par le
bonheur accordé à vous ou aux vôtres. Enfin,
croyez-en mon expérience, mes chers petits, reprit le brave homme avec émotion, en corrigeant
vos défauts vous travaillerez pour vous-mêmes, car
c'est à vous qu'ils nuisent surtout, et je voudrais
tant que vous fussiez heureux un jour!...

Tous les enfants, attendris à leur tour, s'élancèrent vers le bon maître Pierre, l'entourèrent de leurs petits bras, l'embrassèrent à l'envi, et chacun lui fit la promesse formelle qu'il demandait, celle de chercher à être toujours bien raisonnables, bien laborieux et bien sages; en un mot d'écouter respectueusement les conseils qui leur seraient donnés, et surtout de s'y conformer.

— Nous verrons bien si vous serez fidèles à cet engagement, dit la tante Dorothée, qui avait partagé avec le brave contre-maître toutes les caresses enfantines du gentil troupeau; et, en retour, je vous promets pour l'année prochaine, car maintenant le mauvais temps va nous retenir au logis, une série d'histoires lors de nos promenades, histoires qui laisseront bien loin derrière elles les *Contes du bon homme Jadis*, que vous a racontés maître Pierre.

Les enfants accueillirent cette promesse par une salve d'applaudissements, et toute la troupe se mit joyeusement en route pour rentrer au bercail.

FIN

TABLE

NOUVELLE

COLLECTION POUR LA JEUNESSE

Format in-18 jésus, ornée de Gravures

A 3 fr. le vol. broché, et 3 fr. 50 relié

LE CONSEILLER DE LA JEUNESSE

OU ENTRETIENS FAMILIERS

PAR M. N. M. LESENNE

2ᵉ édition. — Un volume

LE COMPAGNON DU FOYER

PAR MADAME SURVILLE, NÉE DE BALZAC

2ᵉ édition. — Un volume

LA FEMME DE MOUSSE

PAR A. DES ESSARTS

Un volume

UNE PETITE FILLE DE ROBINSON

PAR ALFRED DES ESSARTS

Un volume

LES PERLES DE LA LITTÉRATURE FRANÇAISE

CHOIX DE MORCEAUX EN PROSE ET EN VERS

EXTRAITS DES AUTEURS FRANÇAIS, ANCIENS ET MODERNES

PAR Mᵐᵉ FRÉDÉRICA BERNCASTEL

Un volume

MA TANTE JEANNE.

NOUVELLES MORALES

PAR CHARLES DESLYS

Un volume

PARIS. — IMP. SIMON RAÇON ET COMP., RUE D'ERFURTH, 1.